在母亲家的五月

蓦然静……著

文匯出版社

图书在版编目(CIP)数据

在母亲家的五月 / 蓦然静著. —上海：文汇出版社，2013.5

ISBN 978-7-5496-0859-1

Ⅰ.①在… Ⅱ.①蓦… Ⅲ.①散文集—中国—当代 Ⅳ.①I267

中国版本图书馆 CIP 数据核字(2013)第 060486 号

在母亲家的五月

出 版 人 / 桂国强

作　　者 / 蓦然静
责任编辑 / 张　涛
封面装帧 / 周夏萍

出版发行 / 文汇出版社
上海市威海路 755 号
(邮政编码 200041)
经　　销 / 全国新华书店
排　　版 / 南京展望文化发展有限公司
印刷装订 / 江苏省启东市人民印刷有限公司
版　　次 / 2013 年 5 月第 1 版
印　　次 / 2013 年 5 月第 1 次印刷
开　　本 / 787×1092　1/32
字　　数 / 100 千字
印　　张 / 7.125

ISBN 978-7-5496-0859-1
定　　价 / 32.00 元

五月的天空和你的存在。

Be the dream you desire，be the change you want to see.

Love makes the time pass，time makes love pass.

母亲，她是永不失望的失望者，永不寂寞的寂寞者。

目录

乡愁

你站在我的生活之外，
你的名字就在唇边，
停留着
你的温度，
你的气息，
越远越浓烈，
越久越绵长，
日日年年把你蚀刻在心底，
你听不见，
我却更想你。

回家

此刻，我就坐在小姨家的院子里，阳光下，看到母亲和小姨两个人唠着嗑。对比那种漠然，不由得打了一个冷战，更加珍惜眼前的这一刻。不敢相信，我那么轻易地就回来了。

有时候事情做了就做了，只要有足够的力量抗拒生活中的某种惰性和惯性。不论何时，回到母亲的家里，都不会觉得拘束不安，那里永远都有我的房间，有我熟悉的味道，有我成长的痕迹。可是，母亲只能在我的城市里小住，她无法适应我的生活。同样，我也会因为她的到来，而失去自己的生活。相形之下，在母亲的世界里，除了情感还有一个更具体的空间包容我，温暖我，就像是还有另外一个我，永远存在于她的子宫里。她不肯让我离开，我也会因此而感觉到另一种安全。如果全世界都将我抛弃，仍有一个地方可以毫无保留地将我安抚。可是，这又常常让我觉得另一种对爱的残忍和心痛。

樱桃已经红红地挂满枝头，我坐在树下，靠背椅被岁月均匀地涂上了乌亮的光泽。初夏的阳光透过浓密的枝叶，斑斑点点地投射在我们身上。我靠在椅背上，目光穿过赭黑色的枝干，绿油油的叶子，还有树冠鲜红欲滴的果实，最后停在了一片清新的蓝色里。时光像是在倒流，也许，是这一瞬间永远被定格在记忆里。儿时，就是这样的，躺在母亲的怀里，手里还抓着一挂樱桃，望着一树的欢喜，最后却是淡蓝的忧伤。那时今日，想的都是同一个问题：为什么美好的东西都这么短暂和脆弱？不同的是，那时的我想多吃一些，如今，只想多感受一些。所以，如果说孩子是最美好的，那也是因为拥有最原始的残忍。长大后的残忍，却背离了初始的美好！

这次若不是母亲生病了，我可能还要拖很久才会回家。因为，活在那样一个充满借口和放纵的现实中，总是习惯把很多“真正重要的事情”放到明天和另一个明天。我会在晚上躺在沙发上无聊地切换电视频道时，这样安慰自己：改天吧！我会在周末的中午醒来时，毫无计划地计划着。正因为这样，我到现在没去过本城的知名区域；和好朋友一年才见一到两次，跟我们远隔大洋读书时没什么两样；浪漫约会也是常常从周二拖到周日；滞纳金，更是家常便饭。可我在工作中却表现得守约、严谨、执行力强。从早上脚沾地，到晚上脚离地，没有一刻空闲过。大部分时间，脑子就像城市街道上的车轮，飞速地转着，没有空闲。等不用想工作时，就会想自己想要吃什么，想学什么，想创造什么，像个机器。有一阵子，只吃味千拉面，仅仅是因为方便，到最后已经是食不知味了。在这里知识成为一种工具，什么有“钱途”学什么，至于想创造什么，那简直是一件危险的事情。我常常还是会有冲动走入这样的危险中。周围的人都活着，想更好地活着。因为这个更好没有上限，于是，我们有了无穷的动力和欲望，也常常变成巨大的压力和内心的失衡。同样，迷失在这样一个空洞、没底的谜宫里。我们忘了很多，忘记自己能跑能跳，能思考，可以去世界任何的地方，可以做几件引以为傲的事，却常常选择待在一个地方，每天重复做一样的事情，消耗了一生。我们莫名其妙，又在不知不觉中将自己的人生定义为一台被设计的机器。

母亲的手抚过我的头发。“吃樱桃么？我让人给你摘。”我抬头看看那么高的树，摇了摇头。母亲这次生病，添了许多白头发。我突然为不能常常陪在她身边，感到非常内疚。我说过很多次，有空就回家陪她过一阵子，却从来没有实践过，甚至于根本就没有实现自己诺言的动力。我并没有她想象中那么忙，仍然有大把的时间供我消遣。只不过是，我太容易被谅解。我很少对她说“我想你”、“我爱你”，总是她问我，你最近好么？要注意身体！而我的眼睛大部分时间盯着电脑和那些冷冰冰的数字。但我会在深夜醒来时，跟先生说，我梦到母亲了，我好想她。他把我揽入怀里，“明天打电话给她！”第二天，我基本会忘记打电话。

不去表达情感，是因为不知道如何表达。城市的玻璃墙，让人很容易看透事物，也很容易就体会冰冷。与太阳隔离的人们，被困在各式各样的大楼里。这里的光合作用就是吸收他人的冷漠，同时，合成自己内心的阴暗，释放出更多的冷漠。所以，习惯了保持一种安全的距离，不论内心多么迫切地想要接近。越迫切的心就越容易受到伤害，我和很多人一样，都有一种叫坚强的懦弱。

公园里的晌午

我醒来，
你还在梦里。
一朵云正经过水面，
沙沙的风声，
翻开书页，
打扰了流浪猫的沉思。
一个孩子正弯下腰，
想要扶起一朵花的忧伤。

母亲的美好

我挣扎着从自呓的梦里坐起来，环顾四周，我意识到自己在故乡，在母亲的家里。又重新躺下，母亲轻微的鼾声和马路上冷清的歌声轻而易举地将我再次投入到另一个梦里。是谁说，文字是用来编织欺骗我们自己的梦境？如果是这样，我希望这一次可以为我的母亲编织一个梦。

第二天一早，陪着母亲去医院打针。我回来后，母亲就不住在医院里了。看着她一天比一天好，我无比开心。她走路比我还要快，看着她有节奏的背影，想起在世博会美洲广场前听拉美音乐会时，她可爱的样子。

当时有许多人跟着强有力的节奏和优美的旋律，扭动着身体，踏出不同的舞步。母亲像是一个刚刚认识世界的孩子，带着好奇的眼神观察着周围的人，音乐只是背景。我假装沉浸在音乐中，其实，我的心和眼角的余光，全在她的颦笑之间移转。她开心又好奇地看着那些起舞的男女和孩子。当我忍不住，搂着她跳两步时，她难为情地笑了，像是一位羞怯的少女。那一刻，我希望，有一位充满魅力的绅士能够走来，牵起我母亲的手，带着她翩翩起舞。让她的双颊因为激动而绯红，让她体内迟钝的化学反应再次复活，变强烈又兴奋，让她可以忘掉一切，让她感受到自己的沸点和被人爱羡的美好，体会到快乐！

我是如此爱她，却无法为她补上内心的那个空洞，尤其是此刻，当五月的阳光穿过她内心的洞直射在我的眼中，我是如此心痛和无力。她时不时抬头看看我，有时候在笑，幸福地笑，可是，这不够，我感到远远不够，这个美好的女人值得拥有更多。

她其实很爱美，而且她也很美。阳光在她细腻的皮肤上游走，我想象着，那是一双温暖的男人的手在抚摸。她的肤色偏深。这是她不满意的地方，其实，那是一种健康的表现。因为生我，留下的黄斑，虽然她常常提起，但每每听起来都是得意，而非抱怨。我静静体会着她的美好！

候鸟

曾经背上行囊，
离开故乡，
像只羽翼未丰的鸟儿，
飞向闪闪发光的远方。
一路风吹雨打，日夜煎熬，
不知不觉中
伸展的双翅
伴随着成长。
只是每一个明天，都变得更沉重。
疲惫地飞行，
飞向闪闪发亮的远方。
肯定的目光，渐渐消失在路途上，
生命的寂寥渗透进每一根羽毛，

闪闪发亮的地方在多远的远方？

不确定的答案像偶尔的枪响，

只能恐惧地拼命飞翔！

目标不再是目标，

飞行仅仅是飞行，

最初的美好像稀薄的空气，

艰难地支持着不再属于我的翅膀。

终于，

我降落在中途，舍弃了翅膀。

每每有鸟飞过，我害怕抬头，

害怕听到任何消息，关于闪闪发亮的地方！

爱和控制

妈妈，什么是爱情？你爱过吗？

母亲已经完全恢复了，她的身影又可以活泼地在家里来来回回、里里外外地出现。母亲是一点都闲不住的人。只有在看韩剧时，她才会一动不动地端坐两三个小时。我会悄悄观察她看韩剧时的表情，她是如此投入。时而热泪盈眶，时而傻傻地笑，时而气愤，时而会表现出一种深深失落的羡慕。不管对韩剧有多少鄙视与不屑，我还是会为了我的母亲去支持这个比较生活化的电视剧种。它们真的帮我的母亲排遣了许多闲愁和退休后的无聊，而且填补了她巨大的精神和情感的缺憾。

晚饭时间，是电视剧时间，也是我了解社区生活的最好时机。我会从父母嘴里知道哪家超市搞活动了，房价现在多少了，谁家孩子要结婚了，出息了，谁病了，倒霉了，发财了，买车了。他们，无数和他们一样的人，就像是街角的摄像机、小区里的监视器，喜欢观察、记录，并分析周围人的一举一动。他们丰富了生活，也丰富了自己。

电视比孩子更贴心。我要替母亲说出这句话。因为我们不能在身边的日子，都是电视在忠实地陪伴她。就算是我此刻在身边，也不太会把注意力全部放在她身上，仍然是电视由着她操作，毫无怨言。可是，我还是希望她少看电视，多出去走走。父亲和母亲开始为看什么频道争执起来。看着他们争执，这场从我有记忆以来就没有停止过的争执，让我过早地思考爱情和婚姻。在我看来，他们早就应该结束的婚姻，奇迹般地坚持到现在。

如今，再看他们的争执，一切原先我所有的对错是非立场和原则都开始像老房子卫生间墙壁上的涂料一点点剥落，留下岁月斑驳的真相。父亲仍旧喜欢看战争题材的片子，母亲还是和以前一样，边唠叨边迁就着一起看。但是一见广告就立刻换到她喜欢的频道，父亲就不高兴地蹦出几个难听的词儿。他们花了一辈子的时间，也没能实现改变对方的想法。若是他们能站在第三方的角度看看自己的婚姻，会怎样？我实在没办法想象。细想来，不论是父亲对战争题材的偏爱，还是母亲在肥皂剧中悲泣欢笑，都是对现实中漫长、琐碎、乏味的婚姻生活的另一种投射。

父亲不可能再像他年轻时，带着母亲和我在外用完晚餐，然后去电影院。同样，母亲也不会再用记忆中那种仰慕的眼神看着父亲。而在母亲动手术的那段时间，父亲表现得无比焦躁和沉重。数年前，父亲在事业上失意时，母亲又是如此包容，并主动去承担许多年。爱是如此令人费解的情感体验，它可以轻易地消失在日常不起眼的小事中，却会在灾难困苦来临时，表现得如此坚定和激烈。

母亲紧握着遥控器，眼睛里闪着泪花，似乎是剧中的人物在因她的情绪需求而演绎。“无聊!”父亲嘟囔着,没办法,出门找人斗地主了。

似乎爱情和婚姻永远纠结在女人对浪漫的幻想和男人对理性及自我的坚持中。究竟哪个更重要?似乎没有答案。至少我没有找到一个合理的答案。任何和感情相关的事宜,都没有什么是合理的,因此也不会有答案。因为爱会不知不觉想要控制或被控制。任何一种感情在从爱演化到控制时,都会失去最初的光彩。母亲会认真地聆听父亲的每个电话交谈,追问:“谁打的?干什么?”父亲对母亲的很多生活细节指手画脚,放多少盐,加多少料。他们互相参与到彼此的个体决定和生活中,进行干涉,甚至于是侵略。我曾经也体会过他们这种浓浓的爱和控制。我知道这种爱是不容人反抗和逃避的,因为不接受就意味着伤害。我也会常常反思我自己的生活,爱和控制往往就一线之隔。人会在不知不觉中把控制理解为爱。这样在放大了自己的付出和牺牲的同时,也拉开了与所爱之人的距离!

两周与二十年

生在同一条街巷，
长在同一座城市，
十年期待，
十年找寻。
却被千里之外的朋友介绍
然后相识。
两周后，
一对婚戒。
恍若如梦，
荒凉地找寻那么多年。
浑然不知，
醒来时，牵手的人，
走进未来，
留下当初对自己的誓言
纠缠过去。

爱的陪伴

五月的阳光告别正午的燥热后，变得温和。我在沙发上小憩了一会儿。在家的日子，总是吃得过于舒服，人也变得有些懒散。母亲看我醒了，小心地问我，"要不要出去转转?"我一般是不会在下午出去的，习惯在这时候躺在沙发上看会儿书，更别说陪着她去超市和麻将室里闲聊。看了母亲一眼。她的表情过于热切，这让我不禁感到内疚。对于她的生活，我确实知道得太少。我点了点头！母亲像得到满足的小孩子一样开心。

"你要不要洗个脸再出门?"

"噢!"

“那我等你!”

我在卫生间里,听到母亲在门口边等待边哼着歌曲。这让我想起初中的一个寒假,我答应第二天陪母亲去她们学校领过年的物资。可是第二天下起了小雨,接下来,又飘起了雪花,风呼呼地拍着窗子。我缩在被子里,听着磁带。母亲敲了几次房门,我假装没有听见。真的不想起床,不想出门。听到大门被锁上,母亲的脚步渐渐听不到了。我却在床上躺不住了,不安在全身蔓延,想象着她失望的表情。我爬起床,披上件衣服,站在阳台上,擦着窗子上的雾,我的母亲正从楼下经过,她缩着的身子是那么小,走每一步都很艰难。我的心一下子痛起来。

我赶紧穿好衣服,热水瓶已经灌满热水,锅里还有一碗热乎乎的蛋。我迅速洗漱好,就冲进寒冷的风中,上下牙齿开始打战。赶到车站,空荡荡的,像我的心。等了好一会儿,10 路车才来。路上行人稀少,车厢里大概十来个人。穿红色大衣的少妇格外显眼,我觉得她很美,因为这样的颜色让寒冬有了生气。我想象着母亲穿上这件大衣的样子。在思绪逐渐展开时，我到了母亲的学校，站在校门口等她。不一会儿，我看到母亲拎着一只沉沉的蛇皮袋子，走出来。她埋着头，并没有看到我。当我挡住她的路时，她抬头的瞬间，那神情一辈子都难忘。我不忍多看她，从她手里接过袋子。

“你怎么来了？天这么冷。我出门的时候还在想，你幸好没有跟着来。再说了，学校这次分的东西不多，我一个人就可以了……”

我低着头，努力地把眼泪逼回去。体会着这世间最伟大的爱和付出。我想我偶尔的付出已经让她如此雀跃，不忍。

此刻，我看镜子里的自己，满脸的自责。平时，陪她的时间真的太少。

出门了。

小城市里，总是充满浓浓的人情味，浓得让我有时候会有些受不了。被大城市里的冷漠辐射久了，对温暖有了一种本能的排斥，因为那会让人变得软弱,缺乏竞争力。母亲像是认识街上的每个人。出门不久,我就开始对陌生的叔叔、阿姨保持微笑。而母亲的表情则像极了办公室里忍饥挨饿混到一个名牌包的姑娘,一脸显摆和自得。而我就是挂在她手臂上的奢侈品。不过,我更希望自己能是一块温润的暖玉,能在她的胸口上,感受她的体温,她的心跳和每时每刻的心情。

多少有些无奈,刚才脸上的自责已经像冰一样融化在五月的暖阳里。我配合着母亲的生活。母亲有个习惯,总会不时地扭头看我。小时候,觉得母亲的这个习惯是在关注我,现在,感觉到她是多么需要我的关注。她知道,我已经有点不耐烦了。因为,我的脸已经笑不动了。可能是,脸部的肌肉平日里锻炼得少了。

和小时候一样,母亲还是用吃的哄我。

“要不要吃瓜子?”

“要不要吃香蕉?”

我依旧点点头。

我们沿着喜欢的河岸景观走着，她拉着我的手。她总说我的手像小时候一样肉乎、舒服。其实是她的手因为长年的家事而变得粗糙，并非我还有一双小时候的手。她不知道我更喜欢她的双手，像她那样拥有修长、美好的手指，一直是我的梦想！手心被母亲握得已经出汗。我自然抽出右手，把母亲搂在肩下。

她很高兴，因为我们如此亲密，也因为我在她身边时，她才是完整的！我们的影子一点点地被拉长。母亲不停地说着什么，我不用回应，只要听着就可以。很多都是关于家里亲戚间的事情。我们买了瓜子，顺道经过河岸边上的麻将摊。数十张桌子，在阳光下热腾腾的。大多数都是老年人，也有个别年轻的少妇。麻将桌前的老年人有说有笑，手舞足蹈的，阳光照得他们布满皱纹的脸红彤彤。不知道为什么，他们看上去像是刚出笼的包子，如此可爱、新鲜，有生气。想到这些，我不禁笑了。

已经有人在招呼母亲了。她为难地看看我。

我很识趣地说:“你玩会儿呗! 我旁边转转!”

母亲和我都闪得很快。我一回头,她已经坐在一张麻将桌边。我估计她一回头,我已经过了桥,到了河对岸。

我一个人坐在长椅上,长长地舒了一口气。我的母亲正坐在河对岸打麻将。就像是我们的生活,永远隔着一条河,不可能完全相互适应。但是,这让我们有了更多去了解彼此生活的兴趣,也免不了生出些不能理解的抱怨,但从未让我们觉得陌生和隔阂,这可能就是一种自然的天性。

当我嗑完小半袋瓜子时,母亲回来了,很远都能感觉到她满足的笑。

她说:“下午火好! 上去就连和三盘!”

我调侃她:“是因为我来助阵,要给提成!”

她得意地说:“没问题。我们去超市买吃的。”

又是吃的。难道我小时候真的很馋吗?

路上,我问她:“你赢了就走了,她们肯吗?”

她笑了,“她们巴不得我快走呢? 火来了。”

我们在超市买好菜和水果。晚上，她又把这番情景跟父亲描述了一遍，像个讨表扬的孩子。难怪人常说“老小老小”。

卡

甲虫失去了夏天的活力，
懒洋洋地爬上秋日的墙头。
等待
一只猫
路过。
不是偶遇，
更无法约定。

茶已经凉了，
我看见，
毛茸茸的小爪子
已经
懒懒地歇在甲虫旁。

楼道里的每一次脚步声，
都认真地听。

太阳西移，
清洗茶具。

河岸路和五月的风

市中心有一条河穿过。这些年来变化很大，却还是有很多熟悉的场景被保留下来。为了让母亲康复得更快，我和母亲每天都要在中心的河岸边走上一个来回。两岸的桃花早已不知何处去，唯有杨柳随风轻飏。

年少的我曾沿着河岸走过无数个春夏秋冬。春天杨花拂面，柳树抽出嫩黄的芽，望不到边的诗境和浪漫。夏天的清晨，河岸凉风习习，听风轩里的唐诗宋词和温润的心境随着河水时涨时落。偶有大鱼搁浅在岸，引得人们一阵热闹。秋天，菊花香远，就算落叶纷坠，也不觉伤感。总是在秋高气爽，我们三五成群意气风发，却爱强赋新词。如今想来那种稚气里饱含人生的快意。冬天，大雪纷飞时，河岸最美。寂静的河岸，会传来最嘹亮、最开心的大笑和呼喊。寒冷将管束和拘谨都冻结在屋内，雪白的世界只属于年轻的生命。我们在雪松下嬉戏，奔跑……那时以为这一生都会在河岸的四季交替中往返，岁月会随着河水静静流逝，我们所有的人将一起变老。然后随着时间的推移，人生的岔口一个接一个，我们越走越远，熟悉的人也越来越少，认识的人却不断增多。很多时候人知道怎样走才是对的、安全的，却还是忍不住选择另一个未知的方向来走，因为不确定的更具有诱惑力。

五月的风，是如此温暖，吹开记忆的花，灿烂明艳。只是这花终将无可奈何地落去，故人分散天涯，再见也只会生出似曾相识的感慨。人生像是一场漫长的旅行，从起点到终点，虽然会经过许多不同的岔口，看到不同的风景，遇上不同的人，但是固定旅途的两个点却亘古不变。就是将这两点之间相连的

线，组成了这变幻莫测、千姿百态、纷纷扰扰的人世间。从过去到未来，从记忆到现实，从现实到想象，在稳定中渴望变化，在迁徙中寻求安定。而起点和终点就像是两个完全不同的世界，人永远无法回到最初，也永远不可能被告知最终。很多时候，我们活着的当下，像是漂浮在两个世界中间的边缘地带，永远被挤压着，也无规律可循。回不到最初，也抗拒最终的到来。

站在桥上，凭栏远眺。这五月的风，像是旧识，又似新知。

别转身

风吹过树梢，
十二月的阳光，
一片片抖落进
我的眼里，
跳出你的背影，
带着泪的温度，
别转身，
害怕
你忍不住回头再抱我。
别转身，
害怕
温暖之后的寒冷，
更加难挨！

母亲的向往

我不知道她的向往具体是什么？就像是我还不知道我自己具体想要什么样的生活。似乎我想把我不曾体验的生活都经历一次，才能够知道什么是适合我的，或者说，永远都没有适合的，只有想要的。

母亲喜欢到上海来和我住。我想她要的不是一阵子，而是一辈子。大部分时间她不得不一个人在家里，帮我整理家事，买菜、做饭。每次听到我或是先生在电话里说不回家吃饭，我都能感受到她在电话那一端的失望。这让我感到有负担。于是，不太忙的时候，我会把母亲带出来，然后给她指定一个活动范围，再约定一个碰头地点和时间。每到这个时候，她就会像小孩子一样开心。

记得有一次去来福士大厦办事情，我把母亲安置在一楼沿街的星巴克。浓浓的咖啡香里弥漫着都市里特有的忙碌和情调。为她点一杯咖啡，又帮她拿了很多杂志。母亲被陌生的人群包围着，她眼睛里闪烁的不是不安，而是兴奋。我笑着冲她挥手告别。

两个小时不到，我回到星巴克。我从窗外寻找她的身影，并不急着进去。看到母亲并没有翻杂志，而是把所有兴趣都放在周围的人身上。她在观察他们的一言一行，她在注视着另一种生活，而我在看她对这个城市里快节奏生活的反应。我从母亲的眼神里捕捉到的是向往和渴望，我走向她。星巴克的温暖和咖啡的芬芳，让我突然有种想要拥抱母亲的冲动。但还是没有，因为，我怕她不能理解我的表达方式。

“在这里好么？”我边脱外套，边问她。

她一脸兴奋地说：“好呀！”

“这里喝咖啡多少钱？”她好奇地问道。

我没告诉她。

“一定不便宜，可为什么还这么多人？”她自言自语，“不过待在这儿挺舒服的。要是你们家旁边有这样的地方就好了！”

我笑了。“妈，你要是现在很年轻，你会怎样？”

我坐下时，把这个问题抛给她。

她的眼睛一下子亮起来，“那肯定不是现在这样，会很不一样！我会好好闯闯！”说完，她环顾了一下四周。似乎正在找一个参照物，找一个她认为美好的人生目标。

我喜欢她一脸自信的样子，很美。可是，转瞬间，她的神情就暗淡了。

“不可能了。”她喃喃地说。

我又笑了。

当她的目光停在我的身上，溢满温柔。年少时，我喜欢看到这样的目光，让我觉得骄傲。现在，我常常会害怕这种目光，我会不禁感到沉重。毕竟，我不能替母亲完成她的梦想。她应该有自己的生活重心。要是不能满足她的需求,不论是精神还是物质上的,都会令我感到沮丧。这样不论对她还是对我都是一种心理上的负担。

一犁春雨

翻开了旧梦，
种下了新愁，
忧伤躲入衣袖，
拂过空寂的花枝，
偶有冷清落下的痕迹。

被安排的一天

五月的清晨,伴着窗外收垃圾的环卫车的熟悉音乐声,我醒来。

我躺在少年时的床上,什么也不用想。不用在脑子里安排这一天,不用去查看手机,不用担心、紧张任何事情。因为这是在母亲家里,我像是又回到了孩提时候,被人照顾,被人关注,被安排。曾经多么反感和反抗的过分关怀,在今天却觉得很享受,很温暖,还有一种生活中缺失太久的安全。

她在唱歌,边唱边哼。她心情好的时候就会这样。各种各样的小调,也会让我心情莫名地明亮。想起她在上海时,我们一家人一起去好乐迪 KTV,

我和妹妹会点许多老歌给她和父亲。轮到母亲时，她总是会站起来，双手紧紧地握住话筒，情绪非常激动、饱满。那样子宛如她正站在万人体育馆内开着一场声势巨大的演唱会，而我们是她最忠实的粉丝。母亲爱唱歌。她曾说，如果能生在这个年代，她就去参加类似“超级女声”的选秀节目。她喜欢李宇春。可惜这一点得不到父亲的欣赏。是母亲的遗憾，更是父亲的。

我起床了。

父亲已经出去。母亲可能早就帮我安排好这一天的生活了。

桌子上已经放了一盒我喜欢吃的热干面，锅里还暖着一碗鸡蛋羹。

“你起来了?”母亲愉悦的声音代替 Windows 的开机声，开启了这一天。

“快刷牙、洗脸，面都沱住了。”

“噢!”我进了卫生间。

母亲跟着进来，立在门口，看着我刷牙、洗脸，嘴巴不停地碎碎念："生活没有规律，吃饭不定时，时间长了会把胃折腾坏……"

从我回到家，母亲就不愿让我一个人待着。也许是她一个人待太久了吧！同样我也一个人面对自己很久了。我已然习惯，而她如此珍惜。这让我常常感慨，正如哈特利在《信使》里写的："过去宛如异国：那里的人行事与今日不同。"两代人对感情的体会和表达如此不同。我和母亲一同站在这个小小的卫生间里，却是过去和现在的交融。

我们坐下来一起吃早饭。她总会等着家人，等着她生命中每一个重要的人一起吃饭。我不在家，她会等父亲；父亲不在家，她会等妹妹。她总是等着最后一个起来或是归来的人。我无法改变她的这个习惯。说过很多次让她不要等，自己先吃。可是，她还是会等。这对我是一种负担，一种甜蜜、温暖的负担。尤其是上学时，下了晚自习，走在寒冷的冬夜里，想着家里热腾腾的饭菜，还有母亲温暖的唠叨，总是会忍不住加快步伐。

“今天我们干什么？”我边吃边问母亲。

她急不可待地说：“我今天带你去北京路。那边现在可漂亮了！”

芝麻酱沾在她的嘴角。母亲的嘴长得很小巧，唇线透着一股子坚毅。小时候最怕看到她的双唇紧紧抿住，那一定是我或是其他人犯了错了。她不常发脾气，可是，我们所有人最怕的却是她生气。

不知道在母亲的生命里，有没有一个男人曾经伸出手，帮她擦拭嘴角，抑或是拂去她辛劳的汗珠，还有她伤痛时的泪水。每当她看到电视里或是电影里那些温情浪漫的画面，眼睛会浮出一种渴望，我知道在母亲心里有一个巨大的空缺！

“好呀！我们去北京路！”我抽出一张纸巾给她。

一个平常的上午，空气清新，阳光柔和。温度很适宜，我真想躺在阳台上看书、听音乐。

我们还是下楼了。

母亲说昨晚下了一场雨。我看到她穿了件厚点的外套，是几年前买的。我问她为什么不穿新买的，她笑着说:“又没什么特别的事,穿那么好干吗?”

“陪我逛街是常有的事吗?”我问她。

她笑了,“你妈这样不是挺好的吗?”

“你穿那件更漂亮!而且这种天穿这个不热吗?”我摸摸她身上的厚外套。

“难道还让我回去换呀?”

“好呀!”我搂着她的脖子,转身走。

“算了!”

我不听她的。

我突然觉得手臂里的母亲如此的小。

“妈,我是不是又长个了。”

“你还长呀?都什么岁数了。是你妈缩水了!”她轻描淡写的话语,听起来有些伤感。

“那你还不赶紧把新衣服穿旧。以后,你要穿童装的。”我打趣道。

母亲回到家,换了那件我让她买的大红色的薄羊毛衫。顿时,我眼前一亮,“就该这么穿!”

“是么?”母亲不太确定,“这把年纪穿着是不是太扎眼了？”

“怎么会呢？你这个年纪就是要穿亮的颜色！”我大力地夸赞，也确实好看。

母亲曾经是很爱美的人。生活的琐碎日复一日地将她的光华一点点地磨损。现在，孩子们已经离巢，父亲身体也好，家里条件还不错，而母亲却失去了收拾、打扮的心情。

我带她买衣服时，她曾很沮丧地说：“打扮给谁看？你爸又不会看，看了也会说乱花钱！”“给自己看呀！自己美丽，心情也会好呀！”常常她要被迫着购物。

眼前的母亲打量着镜子里的自己，她心里是高兴的。

我们再次出门。

楼下老阿姨们远远地就扯着嗓子说：“今天穿得这么红呀？”

母亲不好意思地说：“姑娘非要让穿成这样！”

有时候真替母亲她们这一代感到难过，穿得好看点，也会觉得"对不起"别人！

"挺好看的！"有个阿姨羡慕地说。

母亲顿时一阵轻松，随之而来的就是喜悦和自信。"还可以吧！姑娘说'年纪大就是要穿得亮一点，人看起来精神，气色好'！"

几个阿姨盯着母亲边点头边流露出一些嫉妒和羡慕的神情。母亲得到了极大的满足！我站在旁边等着她们的交流结束。阳光比之前要暖和多了。我不用再担心母亲因为换了衣服而感冒。

北京路。

陪我一起长大的城市原本没有这条路，也不是走的人多了，而是城市化进程开发出了这样一条路。像各个城市的新区一样，是崭新的空旷和模式化，只是美丽的躯壳下缺少点什么！

母亲很兴奋，"你看，这就是北京路，漂亮吧？那是新建的体育馆，还有那个博物馆。多整齐，多好看？"

她的观点也代表了许多和她同龄的城市规划

者。而我的脑海里浮现的是这里以前的样子。全是山，高低起伏的山，大大小小的树木覆盖着山体。不是特别葱郁，也不觉得贫瘠。远远望去，还有一条条蜿蜒的白色痕迹是人们长期攀登、行走出的小路。夏天时有蝉鸣，冬天积雪一直堆到春暖花开。那些拥有灵魂和生命的山体变成了眼前单调、空洞的城市化新区。时时从身边驶过的车辆和路边新建立起的欧式楼盘，提醒着我，熟悉的故乡将永远沉睡在梦里。

站在北京路的尽头，前面是高架桥。这是城市的一个高点。我的脚下是一座被水泥封筑的哭泣的山丘，各色的格子房从山上一片片地分布至山脚。从这里鸟瞰整个城市，有些灰蒙蒙的，像是一个沉睡的怪物。

旁边是新建好的国家土地局大楼。我想起了一个朋友——婷婷，她会不会已经搬到新的办公楼呢？她还好么？眼前浮现的是第一次看到她的场景。夕阳下，我逆着光，看到她抱着一只篮球从实验小学走出来。她的头发束成麻花，自然、蓬松地垂在右边的肩上。少女般的美好，像当时的阳光，闪烁着金色，耀人眼目。

我不禁问道母亲："你以前的朋友还有联系吗？"

母亲觉得奇怪。"朋友？"

她一时不知道该如何回答。

"就是你们年轻的时候玩得好的！"

有些词语对她来说是陌生的。存储在这一代人脑海中的相关词汇是：同学、战友和同事。

"联系什么呀！都有各自的生活了。结婚，生孩子，照顾孩子、老人，然后自己也老了。都不知道在哪儿了，还联系什么呀？就算是现在，若在街上碰到，我估计都认不出来了。"母亲一下子又打开了话匣子。

"人生若只如初见，何事秋风悲画扇。"记忆一下子涌入脑海，自己都难以接受这些突然意识到的世事变迁。那些往事，那些情谊，那些共有的回忆。那个爱在楼顶背书的女孩子；军分区院子里的无数个午后，我们在言情和漫画书中睡去；喜欢抬头看着飞机飞过的年纪；那只盛满鲜艳草莓的盒子，我们手挽着手四处嬉戏的日子；自行车上菊花灿灿的傍晚，轻风抚过耳畔；那个与我同哭同笑的人，那些见证我和被我见证过的人和事，像从熟睡中醒来的精灵，在五月正午的阳光下飞舞穿梭，不一会就蒸发在空气中。回忆是美好的，却又那么短暂，令人伤感，但心房中那些附在记忆表面的灰尘被翻动得到处都是。

“你在发什么呆呀?”母亲打断我的思绪。

“没什么!”我淡淡地说。

触景生情，感慨世事，人总是被一瞬间的表象上的共鸣所打动，认为这就是自己要找的思想、情感、事业或是归属。其实这种必然发生的偶然，终究是偶然。这也就是为什么会有那么多人放弃曾经以为将要执行的永远和终结。

我们坐公车回家吃午饭。这是中午的下班高峰期，车上人并不觉得拥挤。大家有说有笑的，人们很容易在车上碰到熟人。一路上，我沉默不语。母亲肯定以为我饿了。

回到家，父亲已经把中饭做好了。他这几年变化挺大的，比以前可爱了许多，更像一个父亲。可是，心理上的疏离感还是有的。但还是要感谢父亲让我变得如此坚强和独立，这让我受益一生，也难免会常感到一种生命的寂静。

在家，午饭后，是最舒服的时候。父母都会小憩一会儿。我可以独自和阳光相处。空空的大脑，幸福的胃，暖暖的光线，一切都刚刚好！我不知道自己什么时候睡着的。

醒来时，已经傍晚。身上盖着件外衣。日子在毫无知觉的时候就流逝了。在母亲家，我不会有恐慌感。我会觉得这样的生活是理所当然的。

先生打电话来，问我好不好。我满怀歉意地说："好！"因为，他无法从飞速转动的轮子上下来，和我一样享受这样的午后。

不久前，当我跟他说："好累！突然什么也不想做！"他很理解地搂着我，支持我什么都不做。这让我很感动！最终，由于家人的支持，我回到母亲家过一阵什么都不做的日子。我无法在上海真正感到安心，因为生活在这个城市不去踏着它的疯狂节奏，会让我生出一种负罪感。

城市死亡

尊严，

在东经120°51′，北纬30°40′的气候里，

膨胀，

干燥，

脱水，

又弱又韧的一股，

混合进缆绳里。

吊起一座城市和它的尊严。

它灯火灿灿，它强力摇摆，

它活力四射。

它像是一个巨大的活体，

轰轰向前，

只留下一片

静寂的

死亡。

我们的语言

大清早，我没有完全醒来，人还处在朦胧中，就听见母亲打电话的声音。奇怪的是，母亲平时说话声音温柔、小声，可是打起电话，总是不由得提高嗓音。后来，发现他们那一代人都有这个特点。因为听不清对方，而不由得认为对方有可能也听不清自己，所以音调会不断走高。“他姓邱，邱少云的邱。”我醒来，脑子开始思考关于“邱少云的邱”。已经很久没有听到这种语言表达方式了。小时候常听大人们有类似的表达，雷锋的锋，焦裕禄的焦，毛主席的毛……什么时候这种表达方式淡出了我的生活呢？没有太多人意识到一代人的表达方式出现在日常生活中的频率降低时，意味着一代人慢慢消失的话语权。我突然间感到紧张，如果我们这一代淡出社会的主流，什么是我们特有的表达方式呢？恐慌之后是一片空白。

诺贝尔文学奖

文字
是趴在死尸上的蛆虫，
从灵魂里钻出，
在腐烂中茁壮，
为人类文明的温床松土，
滋养善和恶的根苗。

又到小姨家

小姨的家保管着太多我童年到少年的美好记忆。

五月里难得的好天。两个弟弟都已经上班去了,大弟的孩子也已经上幼儿园。我才多久没回来,那个小姑娘已经能在学堂里混日子了。我可能是家里唯一一个没有按正常轨迹生活的异类,好在他们都已经习惯,并且知道我能自己照顾自己。

小姨的房子坐落在半山腰,一院子的安静。几棵红樱桃树在院边成了一堵自然形成的高墙。我屋前屋后地走上一圈,童年的痕迹依稀可见。小姨和母亲已经在院中摆好桌椅,理好麻将。小姨站在院中一声招呼。一眨眼，人就凑齐了。姨夫和老爹也已经斗起地主来。太阳暖暖地照在我在这世界上最亲爱的人的身上、脸上，我幸福地看着他们。除了笑着陪伴在他们左右，我们的世界似乎是平行的，是关于两种不同形态的世俗生活，并没有太多的交集。

母亲和小姨以前还会常过问婚姻和家庭的问题，由于我一直回答“很好”，现在也不问了。过于单一的答案会让人失去探讨的兴趣。

我坐在樱桃树下，树冠上的果子都还在，红艳、喜人。小时候，总是抱着书，坐在这里。常听到小姨跟弟弟们说：“你看姐姐多爱学习，你们就不能看看书吗？”母亲就会很自豪地摸摸我的头。这让我感到满足。我总是因为大人的这些表扬感到欢喜。难免常常会为了讨好他们而做些事情，也许是为了满足我小小心灵对赞美的渴望。谁知最后却不能自拔，陷在文字建筑的世界里。

此刻什么都不用做！什么都不用想！风儿吹来，偶尔有两三片樱桃树的叶子轻轻落下。我靠在椅背上，抬头，透过墨绿的叶子、黑糊糊的枝条可以看见高悬的苍穹。那些可人的樱桃像是浮动在空气中。

詹妮特·温特森的《辨识樱桃的性别》一书里有个漂浮的城市，上头住着漂浮的居民。我想象着树冠上每颗红红的樱桃都是一个独特城市，什么样的人居住在上面，有着什么样的人生呢？一条细细的丝线从树上垂下来，闪着光，越来越近，可爱的小毛虫。我把椅子挪了下位置。继续躺在树下。

耳边是麻将和桌子碰撞时发出的单调声响。我无须用心去听他们的家长里短，他们也完全没有要我听的意思。我无须刻意做任何事情，取悦任何人。父母也已放弃了“自己的孩子是天才”的怪异想法，不再指望我“出人头地”、“光宗耀祖”。他们开始变得越来越亲近，陪伴也变得珍贵和重要。

我闭上眼睛，随时会睡去。母亲偶尔会提醒一句，别睡着了，别着凉了。小姨也会紧张地要求我进屋睡。这一刻，是我生活中最充实的一刻。我想她们晒红的脸颊也在回应我内心的感受。

阳光收了，麻将也散了。院子却更加热闹。弟弟们和我的小外甥女回来了。小姨叫他们把树冠上的樱桃收下来。我两个一米八多的弟弟帅气地爬上树，用钩子收了最后的樱桃。大弟眼角已经有皱纹，小弟竟然鼓出肚腩。我看着他们，脑海里浮现的是“张学友”，是《幽游白书》里的“浦饭”，是《少林寺》。在浮动的樱桃世界里，我的大弟现在也许是歌神，也许是漫画大师；而小弟，可能正飞檐走壁快乐地工作在某个片场，抑或是受人敬重的黑社会老大维持着江湖的正义。

人生本来可以有这么多的可能！却因为樱桃的世界太稚嫩，存在的季节太短暂，很快就过去了。就像青春的气息，那些令我们不安、烦躁、充满激情的抗争和什么也看不清的迷茫与慌张，一去不返。但那种不可替代的味道，如同这娇小柔弱的美丽樱桃，是真正属于五月初夏季节的独特滋味。

在我们离开小姨家的时候，我在小外甥女不舍

的眼神中挥手告别。我想她更不舍的是我手中的那一袋樱桃。小孩子惦记的事情总是浅显、明了、直接。记得在她这样大小，我是因为这几棵樱桃树而爱上小姨的家。

很多时候，某一空间，某一时间，因为有了你在乎的人和物，它们便具有了不同的意义。

不能退的票

有人给我一张票，
命令我必须入场，
真恼火。
我无法丢弃，也不愿受人差使。
有个声音安慰并承诺：
你会成主角，主宰自己的命运。
青春的热情，让我有勇气去相信，
期待着接下来的故事。

走进黑暗的剧院，
不大的舞台站满角色，
乌鸦鸦的人群，
都拥向台前，等待，争抢

每一个空隙。

舞台有限，

演员很多。

一个没有观众的剧院，

上演着千奇百怪的剧情。

冷漠的独角戏，

和闹哄哄的对白。

我只好默默坐下，

静静观看，

等待离开。

第一个身份

这世界,我最怕的就是让她失望。

关于身份 Who am I? 这是一个很简单的问题,却难有一个简单的答案。跟母亲探讨这个问题时,我得到了一个非常简单的答复。

“我是你妈呀! 傻孩子!”

继而又说:“怎么老问些没点儿(谱)的问题?”

我笑了。

当我无数次地追问自己这个问题时,答案是异常的复杂。母亲让复杂变得简单。

我是谁? 我是母亲的女儿。这是我来到这个世界上就拥有的第一个身份。随着成长、成熟,独自去承担更多,就有许多个身份被叠加在一起,常常会看不清自己。

母亲的一句“傻孩子”,感觉就像是小时候被她温凉的双手从厚厚的棉被中抱起,精神又新奇。这让我重新再次认识自己。世界不是由复杂的概念与事实构成,而只是人内心真实与直接的体验。

念亲恩 Lovesick

I just miss the feeling of being in love miss the feeling of being your lovely daughter.

涣散的光，凝聚的爱，母亲的眼睛近视，现在年纪大了比以前要看得清楚些。我也因为不注意保护视力，早早地与眼镜相伴。不论以前还是现在，我们都能不戴眼镜，就一眼认出人群中的彼此。因为再涣散的光也会不由自主的第一时间聚在彼此身上。记得几年前，母亲随单位来上海旅游。我开车去外滩接她时，正倾盆大雨。当时，很担心她会看不到我的车。意外的是，我的车刚出现在北京路路口时，就看到她的身影已经向我奔来，这要怎样的专注才能判断得如此精确！

在家，最幸福、也最闹心的就是母亲一早就会在我卧室走来走去。一会儿看看我醒了么？若是我已经有些醒了，她一定会说："快起来吃早饭，我做了……"我迷迷糊糊的眼睛里看到她的身影一圈圈地晕开。我知道她是寂寞久了，我知道我在家让她的生活又重新找到了重心。已经开始习惯早上醒来看看当天的新闻。因为已经在计划回到自己的生活里了，所以状态像是在慢慢地自动调整。

这些日子母亲过得很开心，我也很开心，但还是不忍心告诉她我准备回去了。吃早饭时，我问母亲："我们不在家时，你平常都干什么？"

"也没什么。吃完早饭，去逛逛超市，买点东西，拉拉家常，就差不多中午了。下午睡一会儿，去打麻将。晚上看会儿电视。差不多就这样。"

她停了一会儿，"人这样也挺没意思！"

我看着她突然空空的神情，非常难过。

人似乎常处在一种无法满足和平衡的状态。有时候我甚至于觉得生活就像是一口深井，大家都困在里面，幻想另一种生活，光透进来的另一个地方的生活。

也不知道为什么，在上海时，每天都在忙，也不知道忙什么。有时候突然停转下来，觉得自己所做的事情没有任何意义。可是，像现在这样什么都不做，时间一长，心里也会空空的。如果我们能够把一切均衡地分配在人生的各个时期，也许会好很多。可是这样人们会不会仍觉得无趣。

那些我熟悉的人中，有许多被其他人羡慕的优越人士得了抑郁症。我不知道全中国或者说全世界现在有多少这样的人。被无法排除的压抑情绪驱逐到一个黑暗的角落，最终就剩下“to be or not to be”的问题。日本政府 2011 年开展了一项调查，研究抑郁症和自杀所造成的经济损失(人们经常将自杀与情绪障碍症联系起来)。研究发现，在 2009 年，包括医疗成本和损失的收入，自杀和抑郁症造成的经济损失多达 2.7 万亿日元；2010 年，假如没有自杀和抑郁症，日本国内生产总值(GDP)应该比实际水平高出 1.7 万亿日元左右。看到这样的数据，感觉有些寒冷。在这个不停运转的世界机器里，这些不在的生命只是一些生硬、无知无觉的数字而已，而人类社会常常就是这样残酷地延续着。

想到亲人，看到亲人，和亲人在一起，是幸福的，虽然有时候这种幸福也会让人难受，但这是我跟这个世界最为紧密的一种联系。人跟世界的关系总免不了要借由或是经过第三方人或物才能发生，否则我们跟世界是没法发生任何互动关系的。

老家、老屋、老人

回老家的路好几年前就是柏油路了。但不知为什么，外公、外婆去世后，这路就变得遥远、漫长。每次想到这两位老人就会落泪，他们最后的那段日子都走得异常艰难。我的母亲一直在城乡之间来回奔走，累到双目深陷。

我知道母亲有多么不容易。外婆瘫痪在床的那段日子，我在假期独自回去过。因为害怕老屋的空荡荡，叫了表姐和我一起住。晚上，外婆起夜的次数很多，不能睡得很沉。我的外婆已经瘦得像个少女，年少的我就能将她抱起。后半夜实在起不来，意志已经不能支持身体了，换表姐起来值我的班。那几夜外婆睡得很好，被褥干净。我实在无法想象，我们都不在她和外公身边时，是怎么样的一种情形。我那一辈子没有下过厨房的外公却在八十岁的时候学会了做饭。

那时，我特别痛恨城市，痛恨那些“鸽子笼”，我哭过、闹过，却怎么也无法把外公留在城里生活。他还是回到了自己的开阔地。他不想拖累我们，也许他更渴望自由自在。整个初中时期，我都担心他们，心疼他们，却无法为他们做任何事情。学习成了最重要的也最无意义的事情。亲戚间的一些做法，让我过早地思考人性。想了很多我不能理解的问题，在那个时期，感到特别缺乏爱，特别缺乏安全感。

为什么只有母亲如此劳累？为什么我不能停一阵子学回家陪陪我最亲爱的外公？为什么升学考试比亲人更重要？为什么屋前屋后住满亲戚的两位老人，却如此孤苦无助？为什么小时候记忆中客人满屋的情景，在外公年老迟缓后，变得如此凄清？为什么人那么现实而残忍？年少时的这些问题一一浮在脑海里，已经有了一些不是答案的回答，它们在此刻又被风吹散。

我坐在老屋前的台阶上，一处深深依恋的地方，这拂面的轻风是故乡熟悉的问候。曾经林修茂竹、地种嘉蔬、村墟犬瘦、篱落鸡肥的场景已不复存在。老屋早就已经卖出去了，漆红的大门紧闭。院子已经面目全非，小时候最爱的篱笆已经被拆除，而篱笆上攀爬花花草草的记忆却在心里疯了样地飞长。我仿佛看到外公正在园子里向我招手，那里一定是有变红的西红柿。忍不住，眼泪夺眶而出。

我怀念那片遥远的风景，渴望握住那一袂衣襟，上面留着我的汗水和眼泪。不论过去多久，不论人走到多远，我都依然那么想念。偶尔外公会到我梦里，醒来后，我就想起糖水油条的味道。就像《回归》里写道："你总是不停地回来，我不得不告诉你，你已经死了。这感觉是痛又不那么痛。"也如赫尔曼所说："我们爱不是为了停在爱里，我们死不是为了死。"

带着复杂的心情，走一会儿就到小爹和四爹家。中饭在小爹家吃。奶奶欢喜地从院子里迎出来。我抱了抱奶奶，这些年见她似乎都没什么变化，还是圆圆的脸，机灵的眼神。小爹小时候是我们的好玩伴，因为他是家里最小的一个孩子，比我也大不了多少。如今他的两鬓已经有了白发，看着叫人伤感。

四爹来了，他老样子。三爹也来了，他还是内向，不知道如何跟人说话。只是不停地抽烟，不停地咳嗽。

两年前的冬天，我去三爹家拜年。没什么人到他那里去。屋子里只有我们两个人，一炉火，炉子上的壶水发出嗞嗞的响声。我们静静地坐在炉火边，能听得到外面雪融化的声音。我的三爹曾是家里的才子，远近闻名的“秀才”。我们小时候都喜欢围着他听故事，找各种书看。终了，茕然一生。他从来不看我带给他的东西，而我一定是带给他香烟。我们之间似乎有一种默契。虽然我知道他烟不离手，身体也不好，应该少抽些。可是，我还是忍不住会给他

带香烟。因为，他需要的是陪伴。香烟对他而言已经超过了有害物质本身。对于很多烟酒不离手的人来说，他们不是需要拯救，而是更快地终结。他从来不问我什么。他会自言自语说上一阵子，不需要我任何回应。我只是静静地听着，就像是听到炉火中哔哔呖呖的声响。坐了不到一小时，三爹就坐在炉火边打起瞌睡。我不由得想起了外公。

起身，离去。

乡村席间

五月的阳光，照得院子里每个人都慵懒。

吃完饭。麻将就垒起来了。

有人抽烟，有人喝茶。有人笑，有人骂。

这些人，都是我最最亲爱的人。外公去世后，他们就变得远了。如今，更加陌生。

人与人之间的那条幽暗线，家庭与家庭之间的那条幽暗线，就像桌子上那长长的未被揭起的麻将牌，总有一个庄家。庄家制定着家规，承担着责任，让整个家族兴旺、和睦，大家庭是凝聚的和有安全感的。先是我的外公主持着大家庭，后是我的大姑父，继而是我的父亲。妒、恨和需要，会让游戏继续。只不过在大家庭中，这桌麻将的玩手是永远的亲人。如今，没有庄家了，大家都各顾各的。因为距离的关系，大家觉得指望不上我些什么。但每个人都会很关心地询问我各种情况，每个人都会跟我抱怨另外一些人。

三爹会在吃饭时走开。有钱有势的会成为家庭里的座上客，而不是值得尊敬的长者。亲友在变，似乎在用自己的实际行动，实践着：只有懂得在财富面前与亲情、良善和朴实说“再见”，才能成为胜利者。就像是我生活的那个城市：只有懂得在财富面前与友谊和诚信说“再见”，才能成为成功者。

恐惧感和沮丧感一起涌上来。一位在上海扑腾了十几年的兄长，一直抱着要回家乡终老的想法。这几年，开始另有打算。每当谈起家乡，总是难掩失落感。人为了更好的生存离开故土去异乡忍受冷漠，却再也无法重新拥有记忆中故乡的温暖。其实很多时候，别人在变化的同时，我们自己也在改变。很多时候，我是理解故乡的人和事的。一个短期回家的浅薄新鲜感，怎能与每天生活在这里的人所承受的酸甜苦辣相比呢？就像是他们片面地想象我在异地的“美好”生活一样。

空气已经被阳光煮得热乎乎的，吸进身体，就像是慢性的镇静剂，逐渐感到全身的放松和无力。莎士比亚说：“生命充满了喧哗与骚动，而到了最后，一切都没有意义了。”虽然并不认同这句话。可是，处在当下的热闹之中，没有意义便是真谛。我停止一切思想活动，软软地瘫坐在靠背椅上。小爹家的院子，没有树。不多久，大家就把麻将桌抬进了屋内。

院子里顿时清静了许多。我把脸藏在屋檐下的阴影里，让身体留在强烈的光线中。奶奶坐在我旁边，纳着鞋垫。她已经 86 岁的高龄了。看着她一针一线地数着生命的时间，我心伤感。想起 *Peach Tree* 里的一段歌词：

Sometimes the lonely days

Turn into the lonely decades

Old ladies on their own
The world they knew has drifted away
Like little puffs of smoke
We're here and then we're gone

生命就这样不经意地来了，时间变得枯燥，倏地又去了。我出神地想着一些我还没有办法表达的情绪和想法。而奶奶，她已经微微打鼾。偶尔从远处的人家传来一两声狗叫。我也像是睡着了，却又听得清每一个细小的响动。当有人推开院门，我会和奶奶同时睁开眼睛。接着，再闭上眼，继续。生命的意义就是在这些无意义的举动中完成的。

傍晚，我跟着四妈去菜地。晚饭在四爹家吃。

田间，山野，永远比待在屋子里要有趣得多。四妈挽着菜篮子，里面放着一把弯刀。从背后看她，身材苗条。有趣的是，吃素的四妈不爱在厨房活动，喜欢去田间、山上。所以她们家，高大的四爹烧菜是一把好手，瘦小的四妈是各种农事的巾帼英雄。四妈蹲在菜地里摘菜，我跟在后面提提篮子。一缕头发垂下，遮住了她的半个脸颊。皮肤黝黑的四妈，像是没有沐浴过时间长河的水。她还是以前的样子。

《尤弗伊斯：剖析机智》里说："布匹精良者易蠹，细麻洁白者易污，未若粗布耐尘埃。"风吹日晒的田间劳作，没有让她失去青春的光泽，紧致的皮肤和身材，明亮的眼神，透出健康的气息。长时间不变的审美标准是到改变的时候了。我已经很久没有翻看跟时尚相关的杂志。

夕阳，暖暖的金色铺满田野。从夏初温柔的黄昏里，打开一扇浩渺的时光之门。千百年来，袅袅炊烟就是这样从零星散落的人家中升起。"摘菜东隅地，回眸南山老。"田园诗般的风光，浮现在眼前。生活，并不只有一种方式，习惯车轮上生活的人们已经很难摆脱已有的惯性。

晚上，四爹家里热闹起来。大碗地喝酒，大声地谈笑，在这样的情况下，重要的不是我们的语言和态度有几分真实和深切，而是我们和周围的环境是否具有保持和谐的能力。不论是在高堂还是在山野，这种能力都是必需的。此时此刻，开心和热闹都是真的，人情如酒浓烈，饮之甘饴。醒来时，每个人，每个家庭变回原来的样子：自给自足、明哲保身、自私自利。这并没有错，是使人类能够正常延续的关键基因在起作用。只是偶尔醉的性情状态，让人暂时地释放，暂时地享受陪伴的乐趣，更多的时候我们保持着清醒的孤独和警惕，不论这里，还是那里，我们都是这样生存着的。就像一部文明的法典，我们中的大部分人在很多情况下无法自律，无法不去做错的事情。少数圣人，是的，一定有这样的人。他们是不需要被约束的，他们的心里有高于大多数人的自我约束力。有很多矛盾是无法解释，却合理地存在着。

人世就是无数段人生聚在一起形成的。是一段段被强制要求必须活出滋味的短暂时间，一个个地连在一起，酸甜苦，腥臭辣，看不清起点，终点也无法预知。谁也不清楚这个宏大工程的目的何在。这一晚，我做了个奇怪的梦——所有的线都绕在一起，我无法从中间走出来。

夜莺玫瑰

躲在绿荫里，
看你
和阳光嬉戏，
那金色的东西，
耀眼，
吸引你，
温暖你，
也弄伤你
然后是我。
我的眼泪有着芬香的温柔，
清凉地抚过你的伤口。

“噢，可爱的玫瑰！”

我为了你，

做绿荫下可爱的玫瑰，

看着你，

一次次

走进光里。

情爱之路

我们楼下的这条马路如今越来越热闹。有许多西餐厅、咖啡厅、酒吧、茶楼，当然更多的是大大小小的洗脚房。一到晚上灯红酒绿，二、三级城市的这种小资情调，通常像是把玫瑰花插在注满二锅头的花瓶里。远观还行，一走近，气氛就烟消云散了。

突然想起母亲的爱情故事。隐约知道一些，却又是谜一样的朦胧。她和父亲儿时就因两家关系亲近，而定了终身。她曾轻描淡写地提到年轻时也有爱慕者。尤其是父亲说母亲年轻的时候比我漂亮，更是让我确定她有着不一般的故事。于是，常常会跟母亲开玩笑，让她讲讲感情史。她总是害羞地一笑。故事没怎么听到，只记得母亲说她一辈子都守护着和父亲的约定。难怪不论父亲令她怎么失望和伤心，她都始终如一地爱他、关心他。这是他们的爱情，他们那一代人的情爱。对比当下，不知是谁提出了现代“情色”的观点。说情是艺术品，色是奢侈品，两者相互辉映。于是，情色魅惑，大行其道，就是那片刻的激动，也来去太匆匆，容易令人生出许多虚空。

听母亲说，我小学的体育老师，也是她后来的同事，已经离婚了。我有些吃惊。又听说，我小时候一起长大的好朋友，也离婚了。还听说，我曾经的语文老师离婚了，交了一个小十多岁的男朋友。也许以后我还会听说更多。这个记忆中的传统、保守之城，是在一夜之间被“自由”所解放，还是被“自由”肢解了呢？不记得是谁说的，生命的三分之一是被人忽视、遭人谴责，甚至可谓不道德的。倘若社会能够发明一种窥视梦境的方法，那么所有人都会锒铛入狱。

正是这种隐秘的想而不能、做而无果、罚而不伤、伤而不死的世界，让人类拥有无限的可能和永远的缺憾。

以前，是无人肯将自己未受到惩罚的梦幻世界暴露在阳光之下，现在城市化急促步伐，似乎越来越多的孤单和脆弱急不可待地将生命隐藏的三分之一火药引燃。第一个点燃的是勇士，他让偷偷摸摸窥视梦境的人胆怯。另外的二三子，也是不同凡响，他们去伪存真，让人看到真实的、被压抑的人性。而当越来越多的人无所顾忌地手捧“宝典”，狂欢般地、任性地引爆人性的隐秘部分，这世界就开始变得动荡、失衡。梦和现实之间不再有不可跨越的禁忌，曾经的“可能”正在变成一种无能，而不再珍惜和满足于缺憾的生活似乎像腐了的水，一动也不动。

我站在阳台上，望着楼下的灯火阑珊，不由得叹息。屋内，母亲正专注于电视剧情，父亲在楼下下棋。我像是处在两个不同世界边缘线的交会点，看着世界被割裂，裂隙越来越多。最后，像是每个人守着一个孤岛，呼唤，绝响。这感觉真实地回响在夜晚“守望者”的心中。

没有泪的情

我撑着伞，
屋檐下，
等你。
天色灰暗，
苍老，
如你探出门外的脸。
“走吧！”
我扶住你。
昨夜无脑的狂欢
是最后一次挣扎。
你回望，
空空的眼神，
“这不是我想要的！”

“却是你得到的！”

你抚过大门的石墙。

说：

男人就像这些石头，

抱着时，

坚实、温润；

离开后，

冷硬、寒凉。

我不语。

被秋雨浸透的日子，

没有泪可以淌。

不用追

前些天，在《纽约客》上看到一篇文章，是关于整理故去的父母留下的一些关于记忆的杂物。虽然是一篇流水账的记录，但几十年的人生岁月就被寥寥无几的文字写出一干二净后的伤感。作者朋友的父亲留下了十几年的日常菜谱记录，最终被扔进垃圾筒。作者拾回一部分，这些成了作者的书签和有些伤感的写作素材。还好，我的母亲不会以这样的方式记录自己的人生，我想她也不会有任何的文字在未来留给我。她已经将太多的精力用在三尺讲台上，还有整个的大家庭。我更希望，未来怀念她的时候都是抽象的情感，这会让人好过些。可是，这又怎

么可能？光是衣橱里躺着的手工编织毛衣都有很多件，还有，常常在工作感到饥饿时，想的不是餐厅里的美食，而是她自创的许多美食。“六面”，这是故乡对蒸面的独特叫法。我很喜欢这种面食。想到这个就会把画面定格在小学三四年级时，晚上放学回家。先经过一楼我家厨房，里面飘出阵阵香味。我会含着口水，甜甜地在窗外叫：“妈妈，我回来了！”母亲那时的脸庞总是红扑扑的，一手拿着菜铲，另一只手向我挥舞着。

我想她当时一定很幸福，因为，我现在已经是那个站在厨房里挥舞菜铲的人了。不由得想起，龙应台在她父亲去世后曾经写下一段这样的话：“我慢慢地体会到，了解到，所谓父子母女一场，只不过意味着你和他的缘分就是：今生今世不断地在目送他的背影，渐行渐远。你站在路的这一端，看着他逐渐消失在小路转弯的地方，而且，他用背影告诉你，不用追！”平静的字眼，再次重述时，仍然感到清晰的疼痛。是的，不用追。因为有一天我也会消失在某个转弯处。这就是生存的悲痛所在，在这世上，没有什么是永恒的。只是不知道，那时，是不是一些曾经消失的背影再次出现，将永远相伴？

纯洁的跌落

风从他的唇边经过，
赶了一夜的路，
将盛夏的热吻捎到，
露停在
梦里。
伏身，
吻向一朵半开的白色茉莉。
它受惊后，
落进透明的水杯。
“滴答！”
我跌回现实生活里。

旧物件

母亲喜欢收拾旧物件。

在我记忆中，老太、奶奶、外婆都有很多好看的旧物件。如今，我也收着好些个物件，陪着它们一起老去。看起来女人喜欢收集一些物件，这些东西已经超过了它们本身的意义，它们是一种情感的寄托，和一段记忆的见证。

我想起 John Updike 写过的一句话：How things trail us place to place, more loyal than organic friends, who desert us by dying. 每一件旧物，都可以有一段往事追溯。人也许会不在，而物件却常常会久久留驻人间讲述关于人的故事。

这一日和母亲一起翻她的旧物件。

铜壶

它是民国初年打制的。器型秀美、精巧，不大的壶身，细细长长的壶嘴，还有一副宽厚结实的手柄。每一个部件都是精铜手工打制的。在我的记忆中，它总是被吊挂在红红的炭火之上，嗞嗞地冒着热气。

外面大雪纷飞，北风呼啸。外婆在炉火边打着盹，外公喝着小酒，我坐在外公身边，不停地翻动着炭火灰烬里埋着的小红薯，等着它们快点熟。等得不耐烦时，就会闹着外公讲故事。外公的故事和大山有关，和旅途有关，都来源于他自己的经历，像是一场场惊险有趣的战斗。他会把很多他打猎时遇到的危险当故事讲给我听，我记得最危险的是关于野猪的故事。外公当过兵，是专门打排击炮的。他说战场上没有好人和坏人。那时我并不懂这句话。

这把铜壶，在外公过世后就已经不用了。我拿起它，用抹布擦拭，仍露出闪亮的光，像是童年的记忆重新被唤醒。

这把壶听了多少晚故事？温暖了多少个寒冬？斟满过多少只酒杯？它无法言语，但它一定和我一样想念着外公。

一个英雄笔的笔帽

这是我抓周时抓在手里的物件。一支英雄笔，笔身已经不知去向，只留下银白的笔帽，就像是我早期的梦，虽已淡忘，但还有据可依。

人犹如是在世俗早已经安排好的轨迹上来回挣扎，在与地球的引力进行抗争，会觉得越来越沉，越来越无能为力，却又越来越接近那个不太确定的梦。它一直逗引着我，令我在这追寻的途中情绪不断地起伏，时而经历着悲喜交加的复杂，时而辗转反侧，让人不休不眠。偶尔也会有累的时候，整个人会像是漂浮在平静的海面，没有一点力气，也不需什么力气。海面如此安静，静得让人害怕。习惯被希望和绝望的汹涌大浪拍打前行的人，此刻就会失去知觉。

在没有希望，也不那么绝望的海域，没有风，没有浪，一切都像不曾开始就已经过去的记忆，平淡安静地注入进血液里，自我安慰，麻木，以为生命就是这样。但只要有一丝风起，只要帆被振动，浪声渐近，我的情绪就会越来越亢奋。经过很多人生的尝试，看过很多不同的风景之后，绕了一大圈，我发现命中注定的这支笔一直在我身边，只不过现在用的是键盘。我从来没有停止过用它来记录、梳理生命热情。我看着这支笔帽，这是一种多么神秘的、不期而遇的命中注定。

石头眼镜

我小时候一看到外公拿出这副石头眼镜，就知道这一天的日子一定很特别。

外公总是会在自己生日，或逢年过节的一些重要日子，穿戴一新，戴着眼镜，一清早就站在院口张望。外公的眼镜对那时的我而言，意味着一整天的热闹和一桌子的美食。远远近近的亲戚都会来，带着不同的礼物。母亲和外婆在厨房里张罗着各种吃的，父亲陪着外公跟客人们聊天，我就像是外公的小跟班儿坐在他旁边。家里的规矩很多，男人上桌，女人一般都在厨房里。我是大家庭的长孙，外公极疼爱，从小就被外公带上桌，全家人把我当男孩儿看待。我在家里享有别人没有的特殊待遇。很小的时候，外公就和我探讨问题，讲家庭和亲戚之间的各种关系。他从不计较利益得失，他的正直和生活的尊严深深地影响到我。他带我认识各种动植物，还有

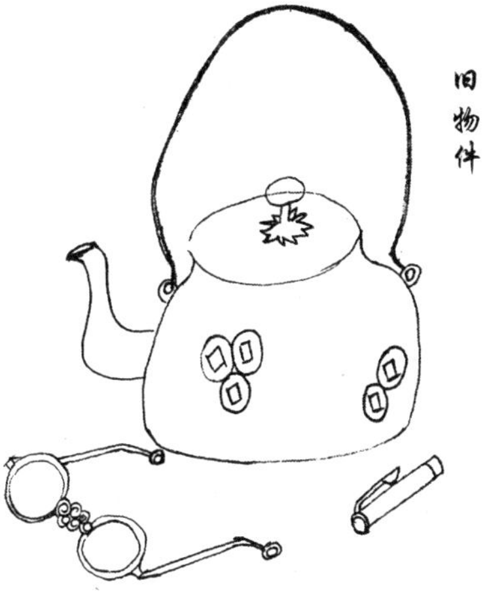

河边那些故人亲友的坟头，他说活物和死物都要记住，这是人的本分。我懵懂地知道他在说什么，可是还是无法明了他当时复杂的神情。

我把眼镜架在自己的鼻梁上，想要透过外公的眼镜看看他曾看到的世界。一片模糊。

这副眼镜也让我想到了四爷。还有几句墓志铭：

不是他可能怎样，
而是他过去怎样。
而过去已经死亡。

在一个寒冷早晨，十来岁的我跟着外公走了一大段路，来到河滩边的一丛墓地。外公用粗粗的大手在一个坟头扒拉着杂草。

“这是你四爷。”外公平静地说。

他没有要求我下跪、磕头，我就静静地呆立在旁边，听外公和一块冰冷的石碑拉家常。

四爷就这样在我心里住下了。他是外公喜欢的兄长，虽然我没有机会与他谋面，却也在心里喜欢。外公没说过太多四爷的事情。但我偶尔从家里其他长辈那里听到的，大多是四爷的负面信息。四爷吸鸦片，败了家，一个挺大的家，有田舍，有很多马。四爷似乎有子嗣又似乎没有，那坟头非常冷清。我记忆中去给他上坟的次数也不多，尤其是外公去世后。

外公说四爷年轻的时候风流倜傥，喜欢文章，为人仗义，远近有名；而我外公，是个喜欢行游四方，无拘无束的人。两人如此不同，却又同为兄弟，惺惺相惜。终了，外公在外闯荡时被抓了当壮丁，在国民党军队里扛炮筒。而四爷在家里迷上了鸦片。

外公有一段惊心的故事，他没有细说。他和四爷在当时都是离经叛道之人，一个沉迷于风雅，不懂世俗，败了家；一个游历在外，常命悬一线，又打破世俗，娶了他爱的女人。

外公说，当他回到家乡，看到家徒四壁，四爷已经饿得奄奄一息。他煮了一碗面条汤，喂完后，人才去。外公说四爷和他一样高，长得也十分相像，只是多了副眼镜。如今一想起外公，就同样想起四爷。两个一米八多的汉子，一位坚忍大气，一位风流儒雅。我抚弄着石头眼镜，猜想这可能是四爷留给外公的。我带着对他们的思念和属于我的孤独好好地活着。

你曾经写诗给我

你曾经写诗给我，
初夏的露水滴入秋凉的脖梗，
和暖的春风拂过冬天的残冰。
我一遍又一遍地默诵，
海浪不停地拍打碧空，
海鸟安静，不再远行。

你不再写诗给我，
我一遍又一遍地重温。

雨停了，
我还撑着伞，
独行。

精神的能量

And so I wake in the morning and I step outside

And I take a deep breath and I get real high

And I scream from the top of my lungs

What's goin' on?

我的一个朋友说她穿上一身新买的超棒衣服，拿着 PRADA 上班，走进办公室时，就是这感觉。而我要来得容易得多。只要天气好的时候，没生病，出门就会有这种感觉。一切都是新的，觉得浑身充满力量。而母亲只要看到我们都在家，就会精神抖擞。

我们都有精神力量的源泉，出处是如此千差万别，但表现出来的状态却都是一样的精气神。精神的世界是难以把握却同时又对人影响巨大。我一直在从母亲的精神世界里寻找一些开启自己的力量。我记忆中的童年，常常窝在母亲的怀里听她读诗词。母亲最爱唐诗，因此我背的第一首是《庭中有奇树》：

庭中有奇树，绿叶发华滋。
攀条折其荣，将以遗所思。
馨香盈怀袖，路远莫致之。
此物何足贡？但感别经时。

那时并不懂母亲读的这些诗和词是什么意思，只是觉得很好听。听着、听着就睡着了。

在阅读的过程中，是母亲和我彼此间最甜蜜的时光，这段共同的感动和快乐并没有多长，因为我很快可以自己阅读一些画刊了，似乎我更喜欢自己阅读。母亲引导我对阅读的兴趣，使我们彼此深入到对方的心灵，从此便没有分离过。即使我已长大成人，那些儿时留在记忆里的与母亲相依阅读的温馨场景，仍是我人生最美好的回忆画面之一。

我拥有的第一本画册是《尼斯骑鹅历险记》，然后是《小飞侠》。越来越多的书，图画变得少了，文字增加。母亲感到喜悦，给我买了第一本日记本，扉页上有一只小白猫，一按会发出叫声。就是这一本日记本，帮我养成了记日记的好习惯，让今天的我受益匪浅。

母亲就像我人生的第一位领路人，她抱着我走，拉着我走，陪着我走，然后一直看着我走。我的每一步都离不开她的关注。在看完《阿凡达》的“盖亚理论”后，我更倾向于理解为“母亲理论”。母亲和孩子的精神世界力量是相通的。在从母亲的世界汲取爱的力量的同时，她也在认真地了解我的世界。我们相互传递一种信息，有形的或是无形的，像是电影画面上荧光的根系，我们紧紧相连，又互相独立。

爱的愤怒

在我的记忆中，自己总是容易让父亲生气。而母亲对我的宽容，又常令我深深内疚。在成长的日子里，母亲就像是一盆温暖的火焰，而父亲像寒风一样吹着。我不由得离温暖的火焰越来越近，越来越依赖，而和父亲之间像是隔着一层冰霜，冷冷清清。

我以为父亲一辈子都不会改变他简单、粗暴的方式。可是，时间在不经意间磨圆了他许多伤人的棱角，也融化了我和他之间的冷清。我才慢慢发现其实在我的冰冷和抗拒之下隐藏着对父亲深深的爱。

我们因为彼此已经形成的个性而感到难以亲

近。已经习惯的抗衡方式，是很难变得柔软、细腻的。父亲和我都在心里关心着彼此，而极强的个性常常让内心的爱转换成愤怒的火花和伤人的冰焰，因为爱而产生的愤怒，在很多时候让我们失去了爱的方向。

从某种意义上来讲，我们很像，这也是我们一直抗争的原因。因为我像他一样，坚硬、固执。我常常会因为厌恶性格中这冰冷、坚硬的一面而“厌恶”我的父亲。他也因为我的不肯妥协而生气、愤怒。

好在有时间这样奇特的魔力存在。岁月染白他的发，刻出许多皱纹，他的脾气依旧在，只是不那么强烈了。而我也柔和了许多，学会问他暖不暖，好不好，多买些他日常吃用的东西，有意输棋给他。他虽然还是管东管西，但不那么强硬了。我也学会了迁就，实在心烦就躲在一边，假装什么都没听见。

这次接到父亲告诉我母亲病急的电话时，我感到了他的无助和惊慌。一直骄傲的他，那一刻像个颓败的老人，那么需要安慰和帮助。当他听到我说第二天就会赶回家时，他长长地舒了一口气。

当我出现在家门口时，父亲踏实地接过我手中的包。进门的那一刻，我就代替母亲让家又有了家的温暖和安全。

随着母亲一天天好起来，父亲的脾气也一天天恢复到他本来的模样。一切都回归它本来的轨迹中。

爱在愤怒中继续积累，生活在争执中有了旧日熟悉的味道。我不再像以前一样粗暴地阻止他们的争执，也不会一直和父亲对立，指责他的暴脾气。我在适应他们这一代人特有的交流方式，尽管我不喜欢。

我常常是无可奈何地听着他们争执。父亲明明知道母亲的身体不能受气，却还是忍不住要跟她理论、争吵，甚至于有时候是粗鲁和专横的。当母亲出现不舒服时，他又表现得非常难受和内疚。我以前不是太理解这种矛盾，现在，我似乎有些明白。我父亲用他认为正确的方式爱每一个人，我们都得痛苦地回应这种被爱的幸福。

我爱我的父亲，爱得如此愤怒！

我们的交谈

门
虚掩，
像是在说：
“进来，我们谈谈。”

小心地推门，
抬头，
看见窗外的月光，
银白，
撒下一层细密的盐。
已经止血的伤口，
又有了新鲜的伤痛。
这就是我们的交谈。

家规与民主

《林卡里的瘦熊》里唱："鱼儿尊敬海子/还在里面拉屎/花儿尊敬太阳/还敢和它对视。"

这几句词就像是在唱我们家的长幼关系。这个家随着我们一天天长大，家规越来越少，民主越来越多。像是一种权力的交接和更替，父亲一天天年老，我们一天天成熟，这是自然的法则，由不得谁说了算。同样，这也是一个漫长的抗争过程，从一切都是父亲一个人说了算，到每个人都可以说点啥，充满了一家人的嬉笑怒骂。

我还清楚记得的家规有：吃有吃相，坐有坐相，礼貌待客，不可无视父母、长辈和客人，不可边吃边玩，不可浪费粮食，不可说谎，不可偷拿大人的零钱……我们家在学习上没什么家规，因为校规更可怕，不需要父母再多操心了。我常常受惩罚，并非因为犯了家规，而是父亲心情不好或是我在外的言行令他们丢了颜面。

家规是没有任何意义的单方面规定，因为它们的解释权都保留在父母手里。于是，就拼命地想长大，以为成为父母后就可以约束别人了。只可惜，现在更是时时处处被一些看不见或是不成文的规定给枷着。想来当初那些家规只是小试牛刀罢了，是成为社会人之前必须经历的实习。

吃过中饭，老爸突然来了兴趣要与我下一盘象棋，看他摆弄着棋盘，觉得现在他看起来更加可爱，也更加有父亲的威严。如果有真正的民主，家规自然就在每个家庭成员的心中。

食物

有一阵子很喜欢看《一个人的村庄》，里面有一句话我很喜欢——“我们用心理解不了的东西，就这样用胃消化了。”在城市生活里，我们总会有很多途径去消化、稀释一些我们难以理解和接受的事情、情感。我们可以购物、喝酒、抽烟、KTV……但是用胃消化，也许是最原始、成本最低、伤害最小的一种方式。而回到母亲家，这句话完全被反过来了，“用胃消化不了的东西，只能用心理解。”

面食，这是母亲最拿手的，也是最经典的独门绝活，被家里亲戚广泛称赞。到目前为止，我还没有吃到过比她做得好吃的面食。豇豆包子、芹菜饺子、白馒头、锅饼、煎饼，这些都是我最爱吃的。

很久以来都没有在她做面食时陪在她身边，趁着这次在家的时间和她一起做一次面食。看着她前一晚把面和好，让面团发酵，第二天陪她一起去买菜和肉，还有各种作料。回来后，我想帮忙，却显得有点碍事。母亲熟练地洗菜、剁馅。面已经发好了，撕下一块，看到一个个气孔，凑近一闻还有阵阵面团香甜的味道。母亲把面分好，就开始包包子。

我陪着母亲聊天，看着一个个圆圆的带着数条漂亮褶子的包子整齐摆在案子上，忍不住拿过一团面，握在手里软软暖暖的。我学着母亲的样子把面团扯圆，一不小心手指就在中间戳出一个洞来。母亲笑着接过我手中烂开的面，在手里一团，一扯，一会就变成一个手掌大的圆饼，挖上一大勺馅，一点点地捏起边儿，打成褶子，一气呵成，一个漂亮的包子就诞生了。想起在威尼斯看到的吹玻璃的大师，一吹，一捏，一扭，一只美丽的天鹅就飞进了我的视线。我习惯千里迢迢追寻美和艺术的灿烂，却忽略了身边的人和事物。它们不美吗？整齐划一地站在雪白世界里，等着光和热的到来。

母亲满意地看着每个包子，开心地说："一会儿就可以吃了，打电话给你爸。"

二十分钟后，一家人就吃上了热腾腾的豇豆包子。

我粗略地算了一下，这样好吃的包子，母亲要花费近四个小时来做。每一个可口的包子都是她对家人的爱和无私的奉献。

她满足而又得意地看着我们吃，时不时地会问一句："好吃吗？"

"太好吃了。"我边吃边说。

母亲开心地看着我。父亲吃得顾不得说什么，也许他从来都很吝啬对母亲的夸奖。但母亲看到父亲吃得很快，就很满足，父亲在用自己的行动回答。

我带着对他们这一代人的相处之道的疑惑和不理解，将美丽的包子统统变为胃里的食物。

夜眼

夜里，
孤独从眼睛里爬出，
粘住路人的笑容，
播音员的唇，
微高的体温，
没有药可以止住黑色的疼痛。

醒来，
夜还睁着眼，
噪音被它碾碎，
和进做早餐的面粉里。

夜闭上眼睛，

人们行色匆匆。

食物里夜的留言，

刺痛一些人的心房，

一些人的胃，

一些人的存在。

母亲节

当人特别看重自己在别人心目中的重要性时，就会刻意记得某个日子。母亲节到了。我吃完早饭就告诉母亲，有事要出去一下。她没有像平时追问我“什么事”、“去哪里”。只是平淡地说：“你去吧！中午回来吃饭吗？”

“看情况吧！”说完我出去了。

她一定有点失落感。想到她在心里怨我，就觉得有趣。我一个人在街上逛着，想买点鲜花。礼物早已经准备好了。扎了几枝康乃馨，带回家。母亲一开门看到我手里拿着花，眼睛变得亮晶晶的。

“为什么要买花呀？”明知故问。

“想送你花呗！”我逗她玩。

老爸在一旁酸溜溜地说：“母亲节！买花干吗？不实惠！”

母亲扭头对老爸说：“你一辈子都没送过我花！”老爸不吱声了。

我进自己房间又拿出早准备好的化妆品。母亲一边开心，一边说：“花这钱干吗！”

不知为什么，脑子里突然想起英国的朋友碰到的一件棘手事儿。朋友的老妈去英国看她，她的未婚夫为了讨好未来的丈母娘，跑了伦敦很多个古董店，淘了一件瓷器，当他兴高采烈地送给朋友的母亲时，老人家咕噜道：“这是什么东西，又重又不能用。”朋友的英国未婚夫疑惑地问：“是不是老人不喜欢？”我朋友只能说喜欢，老人是在研究这件瓷器，所以神情严肃。

“要知道，任何看上去一目了然的事都没有显而易见的方法去处理，一切都比你想象的要复杂得多。”这是后来朋友自己总结出的一句经典语录，我觉得她的这个心得用在处理与家里长辈之间的关系是非常适用的。老人家的心思通常都会超乎寻常地“细密”。我们怎么想也想不到的事情,他们全能想到。

自己的一天

久违的属于自己的一天。在母亲交代好吃的喝的，她还有点不放心。我放弃吃早饭，因为实是被母亲喂得吃不动了。她总觉得我在那大城市里被虐待了，人又瘦，气色也不好。似乎回来后，就必须得吃胖，不然，母亲就进一步放大她的心痛感，我只能很配合地吃。

母亲和父亲拿着送人的红包准备去喝喜酒。我送他们出门，发现父亲的鞋亮得可以照出人影。在我的记忆中，他的鞋一直很亮，只是逢年过节会更加扎眼地亮。他边走边习惯性地用手指理理头发。母亲也特意装扮了一番，我夸了她一句，她很开心，还是不忘叮嘱两句中饭事宜。

关上门。我迎来了回到家后完全属于自己的一天。我又回到床上躺着，计划着我的一天。心里盘算着去看看同学和朋友。想了一会儿，最要好的朋友去了深圳；另外几个也要上班、照顾孩子；几个好哥们也不想去打扰，都是有老婆、孩子的人。此刻，故乡成了他乡，曾经互相保留记忆的伙伴们，已经在时间的撕扯下，拉开了一段无法再亲近的距离，这让我感到难过和惆怅。最后，我还是坚持着出门，想去看看她们，只想知道大家一切都好！

我站在广场上，那个曾经与我同哭同笑的人跑着过来，我能感受到她的开心和意外。看着她结实、漂亮、神采奕奕，我也不由得开心。我们聊了很多旧人旧事，因为她上班的关系，我们也不能久聊。没有再约，因为我不确定什么时候会走。她说我总这样，突然来到，又一声不响地离开。我说保重。她说会的，要为儿子努力。我怔了一下。我很难将眼前的她和当年的她重合起来。是的，一切都在改变，我也会有一天体会到她的心情。想到这里，我更加确定这次回来陪母亲是多么的重要。

我站在婷婷的办公室门口，静静地看着她。她已经是中层领导，正在跟下属谈工作，一板一眼的。我笑了，她还是我记忆中那个麻花辫姑娘吗？我们的这段奇缘有一阵没一阵地持续着，却永远不会陌生。有时候会觉得她有很多地方跟自己是相通、相像的，但又表现得那么不同。她看到我，一脸惊喜，但已经学会控制了。不再像以前发出各种好玩的语气词。

我们在她下班后，去了咖啡厅，聊到午夜。只是在九点过后，父母就一个电话接一个电话地打。我们相视一笑，又想到以前的日子。我们家是出了名的家训严厉，那时朋友们常常为了能让我出来多玩会儿，总到我家去请示。

听着婷婷聊工作是一种享受。虽然她的工作和我的工作经历是无任何一丝联系的，但她优秀、生动的表达力，让人听起来津津有味，还受益颇多。她生

动的表达力和强烈的求知欲是她最吸引人的地方。

一个情思细腻的少女像是转眼间成长，已经开始为仕途打拼了，我在内心感慨着时间的神奇。我们走出咖啡厅，夜色正浓。立交桥上，车辆飞速驶过。过去的记忆袭上心头，我想她此刻也一定在追忆那段美好岁月，因为她的表情柔和了许多。我们这半夜的长谈已经可以共勉很久了，过了今天，旧人旧事又将沉睡在记忆的某个角落，等待下一次翻动。

这一夜很安心地睡了，因为知道朋友们一切都好！

你们怎么就老了？

五月的温度容易让人困乏，可能是在家闲了一阵子，身体的节奏开始变得缓慢。吃过午饭，父亲总是要在沙发上小睡片刻，听到报纸滑落到地板的声音，就知道他已经进入最沉的午间梦境。母亲会泡上一杯茶，看书或是捡起父亲的报纸继续读。他们的生活如此规律。我在他们的轨迹上探寻，有着甜蜜的幸福，也会有淡淡的忧伤，如同他们发际间丝丝缕缕的灰白，时不时地萦绕在我的心间。不论窗外是五月的阳光，还是五月的雨，抑或是大片的云，他们的世界像是不会受任何外界的打扰，沿用着我曾经熟悉的记忆运转着，这可能也是家所拥有的特殊力量。

我在这个时间，坐在沙发上，长时间注视着熟睡中的父亲，他倔强的性格在面部留下种种痕迹，就算是睡着了眉头还是会微微皱起。很久都没有这样看过他，他厚厚的下巴，饱满的面堂，宽厚的身板，乌黑的头发似是在这样的注视下突然失去的。他对我的关爱像他的性格一样硬得难以让人接受，而他不稳定的性情又常常令我感到困惑。他是正直的，也是没有原则的；他是无私的，也是自私的；他是开明的，也是保守的；他是幸福的，也是不幸的；他常常自省，又常常陷入偏执中。在父亲的身上体现着一个时代的特征：冷和暖的对比，黑和白的冲突，他们从集体主义的学堂走入个人主义社会，他们从"我为人人"的青春岁月，迈入"人人为我"的沉沉暮年，种种的反差和被迫的适应，在父亲的性格深处沉淀出比愤青还愤的不平和忧虑。

我爱我的父亲，只是这种爱也披着坚硬的外衣。我们就像是一个科目下的两种不同的植物，紧密联系，却又完全不同。

可能是因为性别的原因，母亲相对比父亲生活得更贴近现实。她的心态更加平和，更容易在生活中得到乐趣。我们也更容易亲近。母亲年轻时近视，现在有点老花，她眯着眼睛看手中的书，还会小声地把书上的内容念出来。她一直坚信在我小时候她订阅的那些百科文章中的一篇，文章说：看书时要读出声音来，通过振动大脑增强记忆。我一直不喜欢那些百科文章，就像是我讨厌街口那些摆古玩地摊的，大多半懂不懂就哄人钱财。

母亲的读书声越来越小，父亲的鼾声越来越大。就在此刻，也只有此刻，他们是如此和谐与默契。我看着母亲的侧影，脑海中浮现出叶芝的诗，我在心里默默地诵给她听，这爱的语句和着五月暖暖的空气，在母亲和父亲的每一次呼吸中，进入他们的身体，融在他们的血液里，就像正在我身体里流动着的生命一样，是来自他们的。

当你年老，鬓斑，睡意昏沉，在炉旁打盹时，取下这本书，慢慢诵读，梦忆从前你双眸神色柔和，眼波中倒影深深；多少人爱你风韵妩媚的时光，爱你的美丽出自假意或真情，但唯有一人爱你灵魂的至诚，爱你渐衰的脸上愁苦的风霜；弯下身子，在炽红的壁炉边，忧伤地低诉，爱神如何逃走，在头顶上的群山巅漫步闲游，把他的面孔隐没在繁星中间。

我似乎还没有完全长大，而你们却已经老了。

五月书录

回父母家时，随手装了几本买了还未看的书，顺便把 Kindle 也带上了。我将这些都散放在卧室的旧书桌上。其中朋友送了一本文汇出版社的《世界观2011》，这几日晚上睡前读上两篇很是怡情。

这天，从外面闲逛回来，发现母亲坐在沙发上根本就没有注意到我进屋。我奇怪地看看她，她手里捧得正是那本《世界观 2011》。

我佯装问她："干吗呢？"

她有些不好意思地说："看到你的这本书，随手翻了两页，发现太好看了。"

"那你拿去看吧！"

她一脸的开心。我恍然间觉得这个场景似曾相识。我小时候刚没识几个字时，就喜欢逛新华书店，看到好看的图画书，就不肯放手，当听到母亲说，你拿着吧！我也是这样一脸的开心和满足，可那时并不知道常常买书是一笔不小的家庭开支。

自从这本书到了母亲手里，她就不再看电视剧了，也不出去打麻将了。我还得提醒她注意休息，她像是没听见。两天半过去了，她跟我说，看完了。

“你的书真好看！”她满眼闪着光，那种少有的热情将我吓了一跳。

我立刻更正：“是朋友送的！”

她开始跟我讲她看书的心得。她先讲了熊培云图书馆计划，又把书中那一段采访记录读给我听：“你关注什么，相信什么，选择和哪些人交往，都将决定你的世界的模样。我的世界就是我的选择，我的周遭，我的心想。你的选择就是你的世界。我们虽然生在同一个世界，实际上拥有的却并不是同一个世界。”

她还提到了张铁志和加藤，她很欣赏他们的精神和勇往直前的坚持。其中最有意思的是，她用上海中学生孙中伦的访谈去反驳北岛的一个观点——他们虽然年轻，但是没有青春。母亲说，时代让他们有了另一种青春。

是的，我喜欢母亲这种宽泛和包容的心态。但是，我仍然觉得北岛的尖锐是一种有助于社会人性健康的报警。

最后，母亲不忘加上句："这应该让你爸看看。"随后又自言自语道："我想他是不会喜欢这种书的。"

三十四年了，母亲已经非常了解父亲了，但还是没有完全放弃想要改变他，并且仍然对倔强父亲认可她的观点和想法心存幻想。我那大男子主义的传统父亲一生都在潜意识里觉得"女人头发长见识短"。只是他不知道，我们这几个"见识短"的女人都很爱他。

接下来的几天，我的书都被母亲来来回回翻着，不过，她再也没有说过哪一本好看。《诗经别裁》，她读过两页，要时时查字典，觉得难读，很快就放弃了。这本书，我已买了很久，一直没有静下心来读过。这次带着是希望能在旧书桌畔找到当年挑灯夜读的沉静感觉。《论李维》她坚持着看了数十页，像小孩子一样很失望地告诉我不明白作者在讲什么。我安慰她，其实作者也不明白自己在讲什么。马基雅维里多少有些生不逢时，他的那些“济世之才”在今天已经成为时代精英和广大中产渴求的灵药。·他有很多诡异而引人注目的“点子”，成为当下一些管理者和当权者借鉴的智库，他的书就是西方的厚黑经典。《文明的冲突》和《致命的自由》是英文版的，母亲是不会看的。

这天，早饭后，飘起了雨。我放弃了出门的打算，走进妹妹的房间。搬新家后，她的房间里做了一个大书架，所有的书都在她的屋子里。如今，我们都已经长大离开家，书一天天发黄变旧，数量也在减少。被父亲卖掉一部分，还有一些送给了亲戚家的孩子。

我翻着那些曾经熟悉的文字,偶尔还会看到自己当时做的注释。字里行间的青涩,像温暖的海水漫过心头,旧时光一点点地延伸。那些书陪着我挨过冬天的寒冷,走过春天的惆怅,还有秋天的伤感。那些热闹又寂寞的青春岁月,在十几年后,还在用文字在心底溅起轻轻的回响。那声音如同我此刻的呼吸,如同我那时的心跳。

除了这些书,没有人知道,在北风呼啸的夜里,我稚气的脸贴在冰冷的窗上,努力地听大雪扑向玻璃,发出"沙沙"声。没有人知道,我顶着烈日,放弃乘车,走在蜿蜒小路上疲惫至极,想要感受阳光的炙烤,遥望没有尽头的土路正冒着热气的寂寥和我只能走下去的脚步声。这样的时刻总会有一扇门被打开,那些光投射在我的眼睛里,我的双手能清晰地摸抚过"存在"、"活着"、"生命"这样抽象的意义。

每当这时,我就真实地触摸到了生命的寂寥。那些吟诵过它的文字,或神往,或悲壮,或热烈,或绝望。而我,感受到的是周围的扩大,内心力量的延展。如同里尔克所说:“你的旷远已经在星空下伸展。”用一种神秘的力量证明我“活着”,我“存在”,一个真实又清晰的自己。

这些不多的存书像是记录着我的启蒙——发育——青涩——不成熟。直到现在我也不敢说自己已经心智成熟,内心仍旧在起伏。只是由以前带着大家一起折腾变成自我折腾。这股劲还在内心绞着,不肯松动,不肯妥协。想起崔健的一段话:“你为什么既不图政治,也不图钱?你肯定图什么?他们认为你图的这个东西是危险的。”是的,是危险的。因为总能听到内心有一个声音,那声音听不清楚,但却总能将问题抛下,使人迷路。如果找不到出口和答案,我会放弃当下的一切,陷入冬眠的沉思中,有时候会这样沉寂很久,难免让人担心。

父亲对我是不能理解,又无可奈何。最初他是粗暴地干涉我那些简单、理想化的决定,后来我跌跌撞撞地绕过了险滩和急流,他开始愤愤不平,有时候冷言冷语,他担心着又莫名地等着看我的笑话,当我再次走在所谓的阳光大道上时，他替我开心的同时，又会嘲笑我是狗屎运。他常常替我叹息，惋惜那些我放弃的名利和前途。我们就像新旧交替的两种力量，带着不可逆转的使命，对抗着向前。这更让我体会到我们都只是历史和文化变迁过程中的一颗微粒，微不足言，却又是包含一切的全部。

“在干吗呢？”母亲打断了我的沉思。

远行与未知

许多的知识将一些人引向上帝，

许多的岁月将废墟又带回母亲的家园。

已经忘记这是西方哪位作家的句子，只是那言语间的无限空寂与荒凉久久地凝固在心里，冻结成故乡的样子。

我躺在沙发上看书，浸在熟悉的味道里，和许多年前的假期一样，母亲坐在旁边织着毛衣。风从客厅几扇大窗子好奇地进进出出，只有两盆普通但却叫不上名儿的花草，在窗口热情地应和着风。我似乎听见蝉的声音，但又不太确定。这个季节不可能有蝉。母亲的线球滚落在沙发边上，随着一针一线的编织，线球会向更远处滚动。只是一抬头看见母亲两鬓星星点点的白发，那个上一秒还停在年少的时钟就开始飞转。时间在刹那间以绝对的强势向我逼近，不容我思考，不容我逃避，也无法对自己隐瞒。

风还在来来回回地奔忙，把花草吹得有些烦躁。空气在初夏竟有了几分秋的气息。是的，很快秋天就会来的，就像昨天我还拥有十六岁的花季。常常以为时间会特别地眷顾自己，让那些美好的诗句永远地生长在生活的阳台上。可是，似水流年，阳台已经很少驻足，“诗”开的花一季又一季，已在无人理会中枯萎。当年打动自己的诗句已经黯黯无光，而那些忽略的句子在重读时不禁感慨。时间的流水洗去生命初始的华光、冲动与无知，沉淀下来的是成熟的情感、确定的信念，对外在掌控和对内心的自省。这个过程，就像母亲手中牵动着的线球，沿着生命的线，随着心的脉动，向未知的更远处前行。

母亲突然问我：“今年又打算去哪里？”

我望着天花板。阿根廷、智利、巴西、土耳其……这些国家浮现在脑海中。

“为什么老喜欢到处跑呢?”母亲不解地问道。

怎么跟母亲解释呢？为了释放自己？为了让迟钝的感官重新活跃起来？为了新的经历和不同的视野？如果跟她讲“生活在别处”,她一定会说:“这是胡说,是赚你们年轻人血汗钱的幌子。”她总能一针见血地指出商业化的本质来。可是,我们偶尔是心甘情愿地在这样的幌子下生活和存在的。我们这种心甘情愿地任人鱼肉的心理,他们那一代人是不能理解的。

我把书放在茶几上,翻过身来。“妈,你最想去哪里?”我反问她。

“我哪儿也不想去,又累又花钱还不安全,再说我这把年纪也不想出门了。”

我看着她一针一线地把这些话织进毛衣里,心里计划着下半年的出行事宜。母亲提醒了我。岔开话题后,母亲就不用为我准备去哪里而担心。当她知道时多半是我已经回来,整理新的照片。

其实,她是喜欢出游的。之前带她出行,她都是一脸的兴奋。如今大概已经不记得当时的心情了。她这么说,只是不想我们乱花钱。

他们那一代人总是对未来充满担忧,所有的今天都是为明天打基础、做准备,却很难让她认同"今天过后就没有今天了"。好在,我的母亲从来不干涉我们所有人的决定,只是会没完没了地叮嘱,确定我们已经安全地返回。我能感受到她对我们强烈的爱和责任,却不会有任何的束缚,这一点深深地影响了我。

"跟我说说,你去了这么多地方,值得吗?"

母亲如此实际的问题,让我笑了。

在这一代人的大脑里和日常生活的实践里,每一笔开支都要和实际所得的事物有所对应,而且还要依据他们多年的生活经历做出一个划算与否的评估。母亲是想对我的出行进行一次评估。同时,她强大的内心深处还隐藏着强烈的好奇心和求知欲。

我打开 iPad 里的照片。黄河壶口瀑布奔腾而来;杏花树下小村子的静谧,布帘子下走出一位妇人;云冈石窟的绚烂与宏大;四大名山各领风骚;西安、南京、北京、洛阳历史沉淀出不同的风骨;江南的小山水乡,以及大小园林不同的诗情画意……威尼斯的水道和水上出租车“贡多拉”;巴伐利亚的大雪和雪中的天鹅堡,我站在城堡的高处,浪漫的美景和故事把人都变得晶莹雾化,如同童话里的一切;巴黎,我坐在塞纳河畔的咖啡馆里,外面风呼啸着,半个埃菲尔铁塔看起来竟然更美;英国的大英博物馆外,我吃着新鲜的草莓,早春的阳光晒得我暖洋洋,几只灰色的鸽子就在我脚边;意大利的斗兽场回荡着的灵魂,在一片辉煌的破败中叫嚣着无人能懂的过去;铁力士山脚下宁静的夜晚,雪簌簌地下了一宿,第二天触摸蓝天的惊喜,被众雪山环抱的激动,还有那些被风吹散的呐喊;梵蒂冈神秘的一角和帅气的瑞士卫兵;奥地利彩色的民房,Innsbruck 小镇两岸童话里的漫游……不知不觉中一个下午过去了。母亲说照片真漂亮。她还想说些什么，抿了下嘴又没说。她准备起身去买菜了。

我拉着她，要给她看一张特别图片，是在卢塞恩拍的。一位白发苍苍、满脸皱纹的老妇人，穿着淡蓝色的连身裙，匀过粉的面颊衬着正红的唇色，缓缓地走过人行道，看上去风姿绰约。母亲拿过 iPad，认真地看了看。“真好！”她停了一会儿又说，“不过，要是在这儿，人家该说‘老妖怪了’。”

我准备陪她去买菜。我知道不能改变什么，但能把另一种美好投射进她心里，让母亲在今后拥有一个具象的梦也是令人愉悦的。我在心里告诉她，今年我准备去尼泊尔和不丹。

拥抱

她穿着一件灰色的长袖 T 恤、牛仔裤。我有好久都没有看到她了，我听到她叫了一声“大姐姐”。她整个人就已经在我怀里了。我无意识地被她抱着，整个人非常不适应和不自在。她黑黑的马尾扫过我的脸颊，脖颈处有一条阳光留下的分界线，淡淡的汗味像夏天暴雨初下时的空气味道，沙沙的，令人怀旧。

她应该已经在阳光下站了很长时间，热量一下子从她身上传导给我，我微凉的胃感到温暖。我不知道是不是应该回抱她，也许我已经这么做了。一秒、两秒、三秒或许更长。我看到自己的双手停在她的背上。这陌生的感动，让我觉得五月的阳光灼伤了我的眼睛，酸涩难忍。

记忆像是突然从别人的眼睛里跳了出来，泛着金色的光，在光线中一点点拉伸，从她的眼睛里连到我的心里。她的眼睛像四爹，双眼皮，又大又圆，黑黑的眼眸。她的鼻子也像四爹，还有嘴巴。她叫丹丹，是四爹家的老二，很聪明，也很乖巧。我们有许多年没有见了，在我的脑海里还停留着她上小学，有两根羊角辫的样子，还有她红扑扑的脸蛋出现在冬天朱红大门后，扑闪着眼睛。那可爱的样子就这样一直定格在我的记忆中。只是后来关于她的一切像是被谁给屏蔽了。我不知道她的青春期是如何度过的，我也不知道她在长大后，有过什么样的梦想，我甚至都不知道她去东莞打过工。同样，她对我也所知甚少。我们像是在童年之后，就被圈禁在不同的圈子里，接受着不同的教育，但主旨都是要成为对社会有用的人。如今，我的这些弟弟妹妹都成了对社会有用的人，为国家的 GDP 添砖加瓦，可是，我们记忆中缺失的那一部分注定被忽视，被遗忘。我们很亲，却来不及拥抱。

一种生活

亨利克·诺德布兰德

你划亮火柴，它的火焰让你眼花缭乱
因而在黑暗中你找不到所要寻找的
那根火柴在你的手指间燃尽
疼痛使你忘记所要寻找的
谁告诉了我们假的，让我们排斥真的，
谁让我们经历了真的，去告诉别人假的。

摊饼的阿姨

我一直在感慨故乡的变化，却又在经过老房子位于最繁华的中心地带时，惊喜地发现过去的一切几乎都还在，两兄弟开的书店还在，只是从街的一边搬到了另一边；水果店还在老位置；彩票点也在；还有超市里的味道和以前一样，我还特意找了找“速溶必是”和膨化食品“浪味仙”；街道医院还在；更让人惊喜的是，那个摊饼的不知姓名的阿姨也在。

小巷里，看到她的身影和她的工作台都还停放在记忆中那个固定不变的位置。我内心一阵激动，就像是站在卢浮宫看见蒙娜丽莎的画像。一个是艺术的永恒，一个是我记忆的定格，后者对我而言更有生活的意义和时间的存在感。我站在巷口，注视了片刻。摊饼的阿姨身材依旧，炉子还是那个旧的大煤炉。

我走近，摊位前已经站着两个小孩子正在等肉馅的煎饼。阿姨用熟悉的声音问我要什么馅的，我不由自主地说：“豇豆的。”不同的是，她没有再喊我“小姑娘”，而是“姑娘”。油“嗞嗞”地在平底的铁板上唱着单调的旋律。阿姨熟悉地做好我要的口味，也放在铁板上煎着。

我从未像这样专注地看过她，瘦长脸，健康的肤色，细巧的眉眼，脸上有些淡淡的斑痕。岁月在她的额头和发际间留下了许多的痕迹，人显得老了许多。一个普通的女人，做着一份普通的事业，对她而言也许只是为了家用和生活，而对那些吃她做的煎饼和果子长大的孩子们，她有了许多不同的意义。她帮我们记录了许多个美好的放学后和假期的傍晚。我仿佛看到年少的我手里拿着她做的饼，边吃边和同学聊天，迟迟不肯回家；还在傍晚拎着一袋果子边吃边看动画片。

我的饼好了，还是和以前一样用牛皮纸包着。我把两块钱放在盒子里，接过阿姨递过来的饼，金黄的外皮，浓郁的香气，还有点烫手。我小心地咬了一口，“真好吃！”

阿姨笑着说：“明天再来！”

我无法告诉她我此刻是怎样的一种心情。那些复杂的情绪和许多过往的画面，掺杂在一起，让人起伏。唯有这熟悉的味道，入口的一瞬间带来记忆的温暖和平静。我相信她一定可以感受到她的饼有多么好吃，因为她的脸上洋溢着自信和美好。人的感觉何以变得如此没有理由和迅速，在以往的稀疏平常、毫不关注的事物里竟可以发现这样强烈的快乐。

我不由得感慨时间的神奇催化！

我给妹妹打电话，告诉她我正在吃饼。她一下子很兴奋，“神奇呀，她还在做饼！”

在这个“几天就能多出一栋楼”的时代，确实摊饼阿姨是个奇迹。我们在电话里兴奋地聊着摊饼的阿姨，聊着当时看的《灌篮高手》、樱木花道，聊着夏日躺在床上反复地听侯湘婷的《我是一只鱼》。真好！有人保留着我的记忆，还有人可以分享。

一双手

五月的雨紧紧地敲着午后的玻璃窗。一只手伸出客厅的窗外，想要感受雨的大小。我的目光停留在这只手上，它不光滑，也没有光泽，暗暗的，黑黑的，布满一条条细小的褶皱。但每根手指都很纤长，只是关节处有些粗肿。

不知道这手上粗粗的皮肤和每一条纹路是否有记忆，若它们能把它们的经历告诉人们，那将是什么？是在清晨慢慢地抚摸我背的温凉，把我从睡梦中轻轻唤醒；是伤心难过时，把我托住的巨大力量和温暖的安抚；是年少时，看译制片男女主人公接吻的情节时，我眼前的一片漆黑，那双密不透光的手遮住另一个世界；是斑马线上，用力地紧握；是葱、姜、蒜的味道；是在十二月的寒冷里，留在锅和铲的手柄上的温度；是在七月流火时，带着永远也不会消肿的关节，一针一线地把汗水和热度织进我们的冬天里；也是有时候，我的脸颊和身上燃烧着的火辣辣的疼。

这就是母亲的双手，一双已经被岁月侵蚀的手，一双融进我生命和血液里的手。它们没有留住自己的青春和美好，却把一个美好的人生给了我。这双手就像是在我成长的时间里做着沙画，优美地画出变幻的图案，幸福的味道，温暖的安全感，默默地付出和大声的肯定。我爱这双手，母亲的双手。

风雅与“伤仲永”

“风雅”这个词是母亲教给我的，她曾将这二字的意境融进生活的点点滴滴：窗台上的小花，案几上的墨香，那些泛黄的旧书，毛衣上的各种图案，和她哄我入睡时吟诵的唐诗。

曲水流觞，夜游冶市，乘兴而去，兴尽而返；酒宴投壶、饮茶品茗、烟波垂钓、调鹤植梅、手谈蹴鞠、梨园粉墨……这些古人的生活场景和意境在母亲讲的小故事里铺展开来，像一幅幅生动的画面，常和我枯燥的现实生活交织在一起。

我会在课堂上看着老师的粉笔字走神，眼前常常浮现的是那些穿长衫留长髯的文人骚客正挥毫书写。从一年级到三年级我都过得如梦如幻。我还模仿古人用自己少得可怜的词句写一些半懂不懂的诗，母亲看后，很是欣喜。我从她的眼神中看到一个不同的自己。

后来，老师越来越频繁地到我家家访。三年级的班主任竟然还是母亲的同学。我开始被要求更多地关注学习和成绩，我迷恋的那些文字和诗被认为是一种有害的东西。那个美好的世界变得越来越远，躲进我偶尔的梦里。

就这样，我失去了最初理解我潜意识里独特世界的宝贵机会。我没有变得孤僻，我很合群，成绩很好。我甚至很轻易地就能理解他人，并迎合众人的喜好，被老师冠之以“有领导力”。但这似乎是成人世界的一种可怕的疾病，非要被传染才能令人觉得健康。我不会再从自己的眼神中看到那种不同，可怕的统一和简单复制再度战胜了人类本身的多样性和丰富性。我依旧向往风雅，只是仲永已伤。

这个只能结结巴巴跟随的世界

保罗·策兰

这个只能结结巴巴跟随的世界，
我将成为这世上
曾经的一个过客，一个名字，
从墙上渗下来，
墙上，一道伤口舔向高处。

关于迷信

19世纪的法国大文豪维克多·雨果偶然看到了巴黎圣母院墙上深深刻下的希腊字母“ΑΝΑΓΚΗ”，它代表了天数命运之神Destiny，一部不朽的传世之作——《巴黎圣母院》就这样诞生了。而在我成长和生活的地方，这样的代表和暗示有很多，却没有诞生过一个比雨果更伟大的人物，可能是这种神秘的力量被数量稀释了。这种神秘的，无法解释的事物被长者们深信不疑，而我们只是被简单地告知是“迷信”。

我不信迷信，但我喜欢在冬天的火炉边听长辈们讲不同版本的故事。尤其是外公和小姨的故事，总是将我深深地吸引住，使我感到害怕和紧张，又充满了兴奋。那些自然界的神奇力量和怪诞的奖惩方法，让我不住地思考和敬畏身边的一草一木。那棵不许楼高过自己的神树，香火长年旺盛；被人为伤害的古树如何复仇的；还有熟人去世的晚上，若夜晚听到有人叫自己的名字不可以答应。这些都是那时候的故事。

这一次在同表兄弟闲聊中又听到新的故事。承包水库鱼塘的人，已经从水库的房子里搬出来了。说是房子盖在了冥界的入口处，所以夜夜不得安生。我并没感到害怕，反而脑子里浮现出拉斯·努列的诗：

这条路也许
不通向任何地方
但有人从那边来。

那个水库我是晓得的。环山而卧，地势相对较高。我们在那里钓过鱼，风景煞是好看和静谧，一待就是一天，也不觉得闲闷。还有一日中午是在承包鱼塘的人家里吃的饭。我很难想象这个地方会有这么诡异的事情。我说什么都不信，但他们认定那是真的。

不知道是谁说的，随着人年纪的增长会越来越迷信。想起一位学长最近跟我聊起他父亲去世前的梦兆。他梦见很远的地方有两只老龟，其中一只一动也不动。他从很远的地方奔过去，用手安抚那只龟。因为这个梦，第二天，他开很久的车回到父母家。那天他的二哥恰好不在家，父母看到他回家很开心。当天晚上，他的父亲在睡梦中离世，他是家里最小的孩子，为父亲送终。他说这一切都已经在梦境中注定了。他说这话时表情是如此肯定和神秘，和那个在学校运动会操场边谈论人生和未来时的青年完全不同，眼前的学长，像是找到了一支篙可以平稳地在水面前行。而我，还是两手空空地渴望着季节的变迁，向往着潮汐的起伏。那不确定的未来和尝试总是令血液一次次地沸腾,让我感受到活的力量和存在的召唤。

同样,我每个早晨醒来也会依稀有梦的痕迹,可是我很难找到什么暗示。不过,若是问母亲,她会有模有样地分析出一些连我自己都不知道的隐秘。而且,在家的日子,她会像以前一样习惯性地跑到我房间里跟我聊一会儿她前一晚做的梦。什么有客人要来家里呀,什么不安呀,是不是要出事情,有时候,还会很认真地跑到楼下去买彩票。不过她的梦也偶尔会像她解释得一样灵验,只是在中彩票这件事情上,一次都没有应验过。

家中的上了年纪的人多少都有些迷信的。我不知道这种情结里寄托了什么,只是很喜欢在寒暑假回老家。山里的茶余饭后,听老人们讲讲那些稀奇古怪的轶事,是我的乐趣。至今还记得,老人们夏夜里纳凉讲老故事时,一条蛇死在洞里,而抽旱烟的大爷背后有许多蛇的牙印。据说,大爷背靠着墙根,堵住了蛇洞,被咬了之后,觉得背又痛又痒,就不断地吐口水擦脊背。说是蛇被大爷的口水给毒死了。我们小孩子知道后，整个夏天都在琢磨大爷的后背和他的口水。他那背上的斑和黑痣在我们一帮孩子眼里都有了不同寻常的意义。而每逢清明前后，各种故事就更多了。母亲也会说家里的老人托梦了要烧些东西给他们，还会有故去的人找不孝后人的麻烦，也有生了病的去坟头寻个法子治病。总之，山里春天的美景托这些俗事，都没有被人淡忘。此起彼伏的炮仗声，阵阵青烟在山头或是山凹间升起，偶尔也会有些有惊无险的小灾情，这些都成了晚间村落里酒席间的谈资。

一直，我都对这些乡土俗事充满了好奇和热爱。它们虽然缺少科学性，但也并非那么幼稚、单纯。它们就像是故乡的根系，深深地插在土壤里，只要这些生命的树在生长，就会开花结果，就会无限地延伸。智慧和神秘就会传承，存在和遗忘就有迹可寻。我们的生命就像这树上的一季花开花落，要珍惜，因为有限。

似曾相识

我去找你，我凭着记忆，找到旧址，又寻到新址。我满心以为，你会出现在门后。

深圳，好远！

你说你会一直在这里，却去了更远的地方。

我们总是不跟彼此商量，就做了决定。我们很少联系，若是偶尔听到你的声音，就感觉像是你刚关上我家的门，明天还会来找我。

我最好的朋友——燕。原来，她也离开了故乡。

走出她家新房子的楼道，忍不住拔了她的号码，没有通。

天气不错。

走在大楼之间的阴影里，想着它们以前的样子。我的脚下应该是原来两层的干部楼，前面的花坛也许就是缠着蔷薇花的院子，里面总是有只老猫悠闲地晒着太阳。

想到燕家的院子和那只肥硕的安格拉灰兔子。每次推开院门，总是听到叔叔热情的招呼声。燕就拖着一双鞋，懒懒地出现在院子里，一挥手，“进来吧！”

就这样，我们在夏天的午后，躺在她的床上看书。夏天的风里有淡淡的蚊香味道，我总是躺在床上，听她讲她正看的小说情节。有时候我会走神，看着窗外白色的阳光，热浪里蝉正唱得开心。我会一不小心打个盹儿，她可能还在起劲地讲着。冬天，在她家的院子里靠着墙根，晒太阳看书，常常闻着一院子的牛肉炖土豆的味道。有时候，她也会到我家去。我画画、写字的时候，她会躺在我的床上看小说。母亲总是会进我的房间，好奇我们交谈的内容或是不交谈时的各自相安、发呆。

我们这样过了很多个寒暑假。我看完了所有市面上能找到的漫画，她也读完了从席娟到沈亚。最后，如了她的愿，我看了她强烈推荐的沈亚的《妖精新娘》。书里一段话的意思，我至今记得——当人一直期待和幻想的事物，真正出现在现实生活中时，人又会觉得不可信，害怕，从而否定他的存在。

只是我们的那个时空已经被封存起来，这“苍之封印”永远地存放在彼此的记忆中和偶尔的梦境。

她也许还在等那个从她的书中走出的妖精。

晚上，燕打电话来。

“你怎么回家了？你妈现在还好吗？我妈今天也打电话给我了。我一看你们两个都打电话了。那肯定是你回家了。”她总是倒豆子一样。我拿着电话，乐呵呵地听着。她肯定拿着支笔敲来敲去，或是在纸上有规律地画着。

我们聊了很多关于父母的话题，这是以前没有过的。她言语间对父母的现状和自己的未来有些焦虑。阿姨身体似乎不太好，我下午见到时，她腰痛得直不起身来，还得陪小外孙一起玩。没想到叔叔退了休，竟然去工地打工了。燕说他爸砸伤了手指，后来还摔断了两根肋骨。我听得难受。上世纪五六十年代的父母，年轻时为了国家和大家庭付出一切，等到两鬓斑斑时，又要为儿孙打拼。

我突然感慨道："我们好幸福！"

她笑了。

"不过，我宁愿他们把自己过好点，不然，我看着很难过！"

"还单着？"我换了个话题。

"是呀！一个人挺好的。"她语调变得轻快。

"挺好！只要你开心就好！"

我们又聊了许多关于深圳的话题。我说会去看她。我们像是聊着电话睡着的。第二天，我起得很早。陪着母亲去买菜。路过楼下的公交车站，两个穿着校服的女孩子正在等车。晨光贴着她们光洁的额头，她们悄悄地说着什么，小声地笑着。这场景似曾相识。

游荡

阴天，父母去超市买菜了。

寂寞袭来，整个人觉得烦躁，越想摆脱，就会被捆得越紧。于是，我坐下来，随手拿起一本书，快速地翻页。以前这种方法是很有效的，可是今天，我却越来越心烦。我合上书，换了件外套匆匆出门。

漫无目的地走在熟悉的街道上，一张张擦身而过的脸却是陌生的。这是一个小城市，我曾经认识这城里的许多人，现在却常常迟疑自己是不是认错了人。熟悉的乡音，听起来有些模糊，我总是不太确定，自己听到的是否就是自己理解的。有些慌乱，在我以为自己最了解、最熟悉的地方，感受到一种无助和被遗忘的窒息感。

我在不知不觉中走到人民公园。买了门票，走进公园，人一下子就静下来。城市的噪音越来越远，大脑的热度也慢慢退去，记忆渐渐将我包围。五月的花开得娇美，被整齐地排在一个个塑料盆里，形成全国统一的图案。滑冰场像是已经关闭，昔日的热闹不在。热烈的音乐和熟悉的笑颜却还在脑海中浮现。

几个叛逆的少年聚在一边抽烟，聊天，他们看看我，我也看看他们。这让我想起在英国出差时，从伯明翰乘火车到博尔顿，深夜在一个小车站，小小的站台，只有我一个人。不一会儿也来几个少年，他们看看我，我同样看看他们。他们徘徊了一会儿，又沿着轨道继续向更深的夜色中游荡。不论是这里，还是那里，年轻的生命总有许多无解的困惑，令他们想要寻找，游荡在人迹稀少的路上。真好，还有人能这样闲逛，不用去虚假廉价地复制存在的意义和价值。只能是这样的短暂，这样的抗争，任谁也阻挡不住无时不在的社会同化，一步步地蛀蚀着世界，缓慢而无情地吞噬着一切生命的灵与肉，只留下一副副大同小异的骸骨。我同样珍惜这不多的寂寞和空虚，毫无目的地游荡在热闹之外。

味道和人

上海的田子坊有一家气味图书馆。当我问道，是不是真的可以配出任何一种想要的味道后，我还是没有说出我脑海中浮现的那种味道——脚汗味。

中考的那个夏天，二姐在我家复习。所有表姐妹中，我和她最要好，年纪也相仿。她的脚总有股奇怪的脚汗味。有些洁癖的我，并没有抱怨，因为每晚的苦读和烦闷有了二姐的陪伴似乎减缓了许多。在深夜，我们偶尔会聊些学习以外的事情，说一些不能和大人讲的小秘密。那安静的马路和电风扇的噪音，会让我们站在阳台上想很多很远的事情。那些没有说的理想，都带有二姐的脚汗味。

后来，她没有去中考，也没有告诉任何人她没有去中考。这让当时的我觉得不可思议，表姐也因此变得有些神秘和与众不同。这个时期，如果周围有人做离经叛道的事情、非主流的选择，我就会从心底由衷渴慕。表姐做了自己的选择。令人敬佩也叫人心酸，因为家里突然的变故，她默默承担起一切责任，就这样她的人生轨迹被突然来到的寒风吹到了另一个方向。

有一次，她来家里，我悄悄地问她为什么放弃？她想了好一会儿说："家里更需要我。"她说的时候带着一种我当时不能明了的神情。之后，我们见面的机会越来越少。

这次母亲生病，她特地和二姑一起来探望。她没什么变化，还是老样子，喜欢笑，一脸的开心。眉眼还是和少年时一样秀美。黝黑的肤色附着山风的清凉和日光的记忆。我一点也看不出她已经是两个孩子的母亲。她抱着小女儿——六月，这是我给她起的小名儿。我很想抱抱她，可是孩子认生。

好不容易，我们有了一点时间说说话。我们肩挨着肩坐在客厅的沙发上，像当年一样。只是她身上多了一股淡淡的奶香味。我们聊着各自的生活。言语间我知道她这些年过得很辛苦，大儿子一直生病，花了很多钱，二姑父也去世了，她还要盖新房子。说这些时，二姐没有皱一下眉头。她还是我喜欢的那个二姐，永远都那么有勇气和信心。二姐的两个孩子都是剖宫产。当她给我看她的刀口，我被吓到。一条皱巴巴的伤口，懒懒地趴在她的腹部。两个孩子都已经这样大了，可是那刀口却像是受了伤的老树杆，伤口又粗又深，难以愈合。我无法去想象这些她所承受的，在怎么样强大的一颗心脏里一张一弛。我只是紧紧地握着她的手，她回握着我，我能感受到她脉搏的跳动，那么有力和沉稳。心里一下子回响起仓央嘉措的诗：

人们去远方只是为了紧紧地搂住自己

我只喜欢在笛声中闻着野草的清香

沉默——苦不堪言

我喝水，替别人解渴

我的二姐就是这样，早早地明白了这个道理，承担了生的责任。

春·偏偏喜欢你

突然之间，下了一场大雨。

我和母亲躲进商场。不一会儿，她就碰到熟人，两人坐在 KFC 闲聊。我无聊地看着窗外来来往往的路人。目光停在一个红衣女人身上。我喜欢暗暗的天色里鲜艳的色彩。她不经意地回了下头，我一下子认出她来，是我小学和初中的同学，也是我曾经非常欣赏和羡慕的女生。精致的面容和优美的嗓音曾全校闻名，她的名字里有个“春”字。

我记忆中有两个带“春”字的名字很难忘记，一个是她，另一个是从未谋过面的女孩子，只因她是好朋友暗恋很久的女生。在我到上海之后，好朋友曾经托我帮他寻找。我仍然记得做什么都不认真的他在这件事情上的认真与执著的神情。最后还是他自己想办法找到了他的“春”。在他们相见的前一晚，他在电话里说“好紧张，无法入睡”。我想他已经在脑海里，不断地一遍遍地预演见面的情景。他与暗恋女友见面的情形无人知晓。只是，他见完面后，赶来与我们聚会时，显得特别平静，而且胃口也出奇地好。他看起来像是了了一桩心事。

此刻站在雨中的红色衣服已经湿了。我想着要不要走出去和她打个招呼。正在犹豫中，两个高大的男生走过来，这两个分明已经成熟的男人在她面前显得像不自信的男生。这么多年过去了，她依然是个骄傲强势的人。我看着他们在雨中聊着什么，时而亲昵，时而大笑，时而又很陌生。他们转向我，朝着这边走过来。我还没有想好应该怎么反应，是笑着打声招呼呢，还是装作没看见。在我思考时，她已经从我身边擦过，我能感觉到她身体散发的水汽。我看到她的眼角有两条很深的皱纹，她的嘴角带着笑，隐着淡淡的落寞。她没有认出我。是呀，我们有太久太久未曾见过了。她和两个男人坐在不远的位置上。我没有再看他们，只是耳边还能传来他们模糊的谈话。我起身出去透透气，雨还在下，我伸出手，雨水轻轻地跳进我的手心，吻着我的手指。

不知道为什么两个“春”的记忆会同时重叠在一起？我想起他找到她的那个晚上，出乎意料地平静，我们几个朋友都期待的是他达成所愿的幸福。他见面之后的伤感，像是一场秋雾在朋友之间静静地弥漫了很久。这些年，听说他结婚又离婚。我们这些朋友相聚得越来越少，可以交谈的内容也变得单一，心的距离和城市的距离已经没有关系。

雨停了，两个男人先起身离去。我和母亲离开时，眼角的余光看到她独自抽着一支烟。我的内心有种冲动，想要坐到她对面，看到她慢慢开始惊喜的样子。当然，我仅仅是在脑海中想象着，已经没有做这样事情的热情和勇气了。

走在沿河的松柏下，传来陈百强的《偏偏喜欢你》。我的同窗春，唱过这首歌，很稚嫩，很好听。在歌声中，记忆碎成更多的碎片。那些曾用炙热的青春凝固的美好都被时间无情地击碎，变成理智，变成物质，变成冷冷的木然。我保存着许多人的碎片，不知道和我相关的碎片又沉睡在谁的记忆里。我只觉得要珍惜，珍惜现在、未来，更要珍惜过去。珍惜这一场雨和我手指上留下的淡淡的成长的凉意。

流水、花、路

爱情
最初始于一朵花上的一颗露，
被风无意地吹落进水里。

流水仰慕花容，
哗啦啦地倾诉。
来往蜂蝶欢欣驻足。
花在暖风中伸展每一片花瓣，
期待更多的甜蜜溢出心田。

一场突来的急雨，
花谢了一地。
流水继续高歌向前。

路默默出现，
收藏花瓣，滋养下一个花期。

爱情如斯，
有人收获欢愉，
有人破碎凋零，
也有人永远满怀希望地默默守护！

三十年河东，三十年河西

“欠的总是要还的！”

母亲喜滋滋地说出这句话，有点小得意。我们坐在午后的阳光里，突然聊起父亲。我觉得他跟以前有很大的不一样。我记忆中的父亲是“油瓶倒了都不会扶的”，这是母亲过去形容他时常说的一句话。小时候，我看到母亲不光要料理日常家务，还要干很多男人干的体力活，换煤气、扛米。父亲总是加班到很晚，他那时似乎很风光，我们家出门都有专车，每个周末都会去看电影或是逛公园。母亲隐在这样的光芒背后默默地支持他。改制后，父亲被闲置起来，一直不得志，经常看到他若有所思地叹气。

而母亲因为三十八年的教育工作，特级教师退休，还被评为市级先进工作者。十几分钟的电视采访为母亲的职业生涯画了一个圆满的句号。当父亲面对母亲的荣耀时，却显得酸酸的。

现在退休后的父亲像是变了一个人。一早起来锻炼身体，买菜、择菜、洗菜、做早饭，还不忘拖地。他还自己洗衣服和袜子，而且我的袜子若是放在鞋子里，他也会主动帮我把袜子洗干净，再用开水烫一遍。这让我很不适应。他变得特别爱逛超市，关注不同地方的打折信息。他不允许母亲下厨，说她做得不干净。他会把洗干净的碗再用开水烫一遍。肠胃脆弱的父亲越紧张就越容易肠胃不舒服。他不再爱出去吃饭，酒也喝得少了。厨房已经成了他专人领地。我们其他人都不符合他的卫生标准，被一遍遍地叮嘱要洗手。

和母亲聊着聊着，我突然觉得，父亲现在多么像以前的母亲。他们共度的这一生像是一个完美的太极图。首尾相连，是温暖、包容的大海日日和干燥、坚硬的陆地嘴对着嘴呼吸了那么久，能量在发生神奇的转移。

这也许就是人们常说的“三十年河东，三十年河西”。

我欲与君相知，

长命无绝衰。

山无棱，江水为竭，冬雷震震，夏雨雪，天地合，

乃敢与君绝！

爱与分享

在母亲家的这些日子，每天早上，先生总要和我通上一会儿电话才去上班。这样的一天，我们才觉得够完整。每个夜晚，我们也要在彼此声音里进入梦乡，习惯这样，我们才能够睡得很香。

分开这些天，我对他的思念变得非常强烈。这让我更加清楚地意识到，如今，我真正意义上的家是在有他生活的地方。

我们每天在电话里讲着彼此生活中发生的琐事，有趣又充满爱意。仿佛又回到我出差在国外的日子。他行走在晨曦的人群中，我昏昏欲睡地拿不稳手中的电话，我们分享着昼夜不同的生活故事，我口齿不清时，就会听到他深情地说“晚安”。适当的距离，对深爱的人来说，是一种理想的催化剂，能够有效地加强爱的浓度，更深入地了解并理解彼此的内心。

我的一个女朋友也是因为一段合适的距离坚定了和男朋友走向婚姻的方向。他的男朋友回国办事情，他们通过视频聊天。从没有生活在一起的他们彼此发现了一些新的东西。他每天早上都自己做早饭，而且做得相当不错。尤其让她感到眼前一亮的是：他做完早饭后，并不急着坐下来享受早餐，而是把灶台全部整理干净后再用餐。距离让他们有了另一种交流方式，并且看到一个人优秀的另一面。

看着母亲一天比一天好，我对先生的想念也一天比一天多。这段时间的分离，我深深地体会到先生的细腻和他深深的爱意。

我告诉他以前并没有体会到一心挂两头是什么滋味？当下的情况让我深知其中味道。在故乡陪伴父母，享受与父母相处的时光时，又不禁会惦记家里的先生是否能照顾好自己。每当接到他的电话，听他说“好想你”，心里就一阵阵心疼和难受。

我在家里，他总是爱睡懒觉，怎么叫都不醒。现在，他却睡不着了。每天一大早就起来去上班。晚上，家里没人，他就把电视开着，坐在我的工作台前，说是“体会我在灯下的感觉”。没有人对彼此说“我回来了”，没有人可以拥抱，没有人一起晚饭后散步、聊天，没有故事、诗歌、文字、工作和各种奇怪的话题，也没了拉着彼此的手入睡的踏实感。

有了两种不同的天气，有频繁的电话和场景的描述，有多一些个人的空间和时间。同时，他多了些聚会，我则在母亲家有了闲适的每一天。

这一日，吃完晚饭，我涮好所有的碗碟，听见母亲正和父亲在为看什么台而拌嘴。

已经是七点了，看着窗外的天空还很明亮，晚霞灿烂。窗外吹来一阵温柔的暖风，夏天的味道渐浓。我开始数我们分开的日子。

整理书房

一清早，妈妈给我布置了一个任务。要我把书房里还有用的书整理出来，不要的，清理掉。她说这几年她已不能久坐，也无法看书，好些书长期无人翻动都生虫了。

我正好闲得浑身都没劲，想要做点事。我把书架上的书全部堆到地板上，一本本挑拣。

我先挑出教科书类的课本和参考书。这些书里有曾经日夜背诵、练习的知识点和公式，在我的人生中可能就只是存在于某个学期，止于一次重要的考试。那些无法倒流的、美好的青春竟然被这些没有具体意义的枯燥之物填充。所以这些书的生命，多半都是短暂的。几个月，甚至于几天的培训后就被送回废纸加工厂，再印刷新的教科书。也许有那么几页纸，一直都在被反复印刷同一个公式，被几代人读背，然后遗忘。

在翻一本《镜花缘》时从里面掉出一张邮局的单子，是一张订《少年文艺》杂志的发票联。发票上的金额为18元。这个数字在当下连一杯星巴克的咖啡都难以买到。可在当时，是一个小学生一学期的学费。母亲一直对自己相当节俭，但她一直把节省下来的钱毫不犹豫地满足我对未知的渴望。我还记得自己有一台金角牌电子琴，是母亲花了半年的工资买给我的。只因她接我放学时，看到我趴在兴趣班的窗口看其他孩子在学琴。那是怎样的一种爱？愿意承受一切，不让一丝风惊扰我童年的梦；愿意奉献一切，不让失望和委屈的泪珠挂在我的脸上。

我看着手中的这张《少年文艺》的发票，它凝聚着母亲的汗水、深深的爱和期望。那时的我并不懂得这些，每次从母亲手中接过每期的《少年文艺》时，并没有抬头看过她的眼睛，错过了她看着我开心时幸福的神情。这本期刊寄托过我很多美好的遐思，在少年时为我建立了一个特有的精神世界，它既是开放的，也是封闭的。它对我熟悉的生活是封闭的，但却向另一个陌生的未知世界毫无保留地打开。那时的我在这样一个世界里感到一种神秘又平静的慰藉，就像是《仙境之桥》里所描述的，有一个可以通向另一个世界的神秘连接存在。原来是母亲一直小心地呵护着我的仙境。难怪离开她后，这桥就像冰雪一样悄无声息地消融在疲惫的奔跑中。我小心地将发票收好。此刻的感触能停留多久？我害怕有一天，这张见证记忆的发票会像那些给我欢乐午后时光的书一样，消失在无意之间。

还有几本绿色的书叠放在一起，分别是三毛的《温柔的夜》、《背影》、《哭泣的骆驼》、《倾城》和《梦里花落知多少》。我捧着它们，久违的感动像遥远海岸吹过来的微风，流浪的帆得以在往昔岁月中徜徉。坐在地板上，慢慢将它们翻开。书中许多的圈圈点点和记号，还有我稚嫩的笔迹和不谙世事的感受。我看到在《倾城》里，有一段用笔重重画过的段落。

> 我不吃油腻的东西，我不过饱，这使我的身体清洁。我不做不可及的梦，这使我的睡眠安恬。我不穿高跟鞋折磨我的脚，这使我的步子更加悠闲安稳。我不跟潮流走，这使我的衣服永远长新，我不齿于活动四肢，这使我健康敏捷。我避开无事实过多热络的友谊，这使我少些负担和承诺。我不多说无谓的闲言，这使我觉得清畅。我尽可能不去缅怀往事，因为来时的路不可能回头。我当心地去爱别人，因为比较不会泛滥。我爱哭的时候便哭，想笑的时候便笑，只要这一切出于自然。我不求深刻，只求简单。

这些语句，我不仅仅是爱它们，更是被它们所深深影响。这些语句如今读起来已经不仅仅是在写三毛，也是我自己的写照。不知道有多少读三毛的人被其影响一阵子、一段时期，抑或是一辈子。

我把这几本绿色的书整齐地摆放在书架的中间位置。它们代表着我人生很重要的一段成长时期，也是关于“我”的形成的重要时期。

母亲走进书房吓了一跳，“是让你收拾，不是搞破坏呀！”

我打趣道：“不破不立嘛！”

她拿着一本《企业管理》对我说：“你爸的书都可以不要了。我们悄悄地给他处理掉，反正他也不会知道。”

我深有同感。只是，老爸一直比较顽固且霸道。我们通常采取“悄悄地处理”这个办法，先斩后奏。现在上了年纪的父亲，似乎比以前要柔和许多。对事情没有以前那么反应激烈，有时候还挺能为他人着想。因此现在母亲做起决定来就更加利落和直接。他们就像是坐在一段木桩两旁，你来我往地锯着生命的年轮，进退之间，岁月流逝，恩爱更浓。

“你慢慢整理，有需要的你就自己收好，或者带走。”说完，她就离开书房。

我不想把任何东西带走，这是它们原本应该待的地方。我不想母亲独自在家时看不到我的痕迹，我同样不想回家时，感受不到记忆的气息。

我把一堆没有用的书丢进纸箱里。有一盒磁带从书里掉出来，是“音乐天堂”出的一盒欧美歌曲。音乐天堂是我最早接触国外流行乐的唯一窗口。若不是最好的朋友有个爱好广泛的哥哥，我们可能根本没有机会在那个年代聆听Carpenters、Bryan Adams的声音。那是一段值得怀念的青春岁月，它包含了如今已经处在“gilded age”的大人们当年的激情、梦想和对未来无限制的想象。我们像是喝不饱水的枝芽，一遍遍聆听不太懂的歌曲，一次次地翻开那些可以带着自己去远方流浪的书籍，想着有一天能将枝干伸向天空，触摸那时并不遥远的蓝色。

我突然看到柯林斯的《白衣女人》和巴尔扎克的《搅水女人》。在这两本又厚又旧的书里，生活着我某个暑期最爱的两个女人。我第一次学会欣赏女人的背影，她们被描写得如此优雅、完美又隐藏着难以理解的阴暗和最悲剧的爱。曲折的故事和人性的复杂都将我深深吸引，结尾的云开月明，苦尽甘来会令我不禁觉得酣畅淋漓和痛快。现在才明白，这些文字和故事多少影响到我性格的形成。过于乐观和简单的个性让我总是相信人性的力量，期待美好的信念能改变一切。

后来，我看到巴尔扎克在一篇序中写道："人性非善非恶，生来具备许多本能和才能。社会绝不像卢梭说的使人堕落，而能使人进步、改善，但利害关系往往大大发展了人的坏倾向。"还看到查拉图斯特拉说："人身上伟大的东西正在于他是一座桥梁而不是一个目的。人身上可爱的东西正在于他是一种过渡和一种没落。"海德格尔因为"有伟大之思想者，必有伟大之迷误"，而被老子拯救。而我陷入他们之中，迷醉了很久，也混乱了很久，后被《知北游》缓缓安抚。我把它们和《福尔摩斯探案全集》放在一起。

因为需要这样一个传奇人物去追踪这些狂人思想的痕迹和动机。

还有些古代汉语类的，我都保留下来，舍不得丢掉。那些永远不会再弹奏的琴谱，是母亲花了多少心思帮我寻来的，我将用心收藏。

书架的空间慢慢减少，箱子里待处理的书也已经装满。看着整齐而宽松的书架，心情愉悦！闭上眼睛，每一本书的信息都会在脑海中展开。是在何时买的？当时捧着它们时，是什么样的天气和心情？谁能想到今天，人们会将所有的书都可以放在Kindle里，所有的娱乐都可能用iPad和iPhone轻松实现。比起那个年代，现在人们拥有无法想象的迅捷和奢侈，却再也无法感受到人和书之间特殊的联系和不同的记忆。失去了阅读的画面感，以及那种难以言说的愉悦和满足。那些漫长期待，仔细阅读和反复回味也都已经不存在了。从世界各地流行起来的名目繁多的各类娱乐刊物和书籍，都被迅速地消费，然后遗忘。我面对如此多的选择，常常又会从内心觉得没有一样是我真正想要阅读和体会的。就如同每次聚会，都会被问到吃什么？会因为没有什么特别想吃的而感到苦恼和沮丧。现代人的生活总是容易让人产生各种各样的饥渴感，资源是那样的紧缺，信息是如此重要，那种紧迫感让每个人都被迫去攫取，然后把自己填得满满的。我们看起来拥有很多，却无法从拥有和获得中得到真正的乐趣和满足。

我发现在一本诗集的扉页，我摘抄了一段诗：

像这样细细地听，
如河口，
凝神倾听自己的源头。
像这样深深地嗅，
嗅一朵小花，
直到知觉化为乌有。

是该这样细细地听自己内心的声音了，已经被填塞太多的自己，并不真正了解自己需要的是什么？这些事物遮住世界本该有的色彩，也裹住了我感受生活本质的触角。生了锈的心，需要生活真实而又粗糙地打磨。整理书房，整理成长的痕迹，我更加清楚地了解现在的自己。

清理

积尘，

尘封住创造；

疲劳，

勾兑出愉悦。

清理物品，

也是重拾过往，

发现曾经的失去，

丢弃过期的梦！

外婆的首饰箱

我和母亲逛新开的商厦时，母亲看到珠宝专柜的玉镯和翡翠都已经是上十万的价格了。她突然很感慨地说："可惜了你外婆留下来的那只镯子。因为你小时候哭闹，我一着急让它从柜子里跌落出来，碎了！是上好的和田玉呀！"

这话以前也听母亲说过。她不停地为这事感到惋惜。为了让她内心好过点，我也成了一个导致她不小心摔镯子的重要原因。如今这些东西的市价更让她感到痛惜。

记得外婆曾经有个百宝箱，里面有很多首饰。大部分是银饰、洋元还有玉镯。母亲说还有一颗猫眼石。可恶的是，外婆家乡的舅舅来时，在夜里趁着他们熟睡把这一箱东西带走了。

在我的记忆中，外婆从来没有提过她的往事和故人。她是外公从异乡娶回来的。外婆就像是一个没有过去的女人。她每天都会梳洗得很整洁，头发很长，就算是后来满头银发，她也会在清晨有空时，坐下来细细梳理，然后用扁形的银簪盘得纹丝不乱。

外婆以前是大户人家的女儿，她被缠过小脚。所以她走路很慢，而且身形又娇小，一到起风的日子，外公就不让她出门。外婆似乎一直都很少出门，她就像旧时候的女人，过着宅内安静不变的日子。她不与外人亲近，也不爱与人闲聊。记得暑假里，我正无聊地坐在院中发呆，外婆坐在厅里摇着小扇，打着瞌睡。有后巷的阿婆经过我们门前，她过来打招呼，想聊天解闷，可是外婆并不搭理人，阿婆无趣地走了。外婆对我说："不要被这样无聊生事的人打扰了自己的闲暇。"

外婆似乎也不会感到沉闷、无聊。她会在一个人时整理她的衣柜，还有一些小盒子。我最喜欢这时候坐在她身边。她拿起每一样东西轻轻擦拭时，我就会充满一种渴望，想着她能给我一个好看的盒子。可外婆总是说等我长大了，这些都会给我。

如今，我长大了，这些盒子、箱子都已经不知哪里去了。我常常好奇着每个盒子里究竟装着什么东西，有什么样的故事，因为外婆每次整理它们时，脸上都会有淡淡的忧愁。如今我似乎有所感悟，外婆身处异乡一定会思乡情切，拿些旧物出来感怀家人。

而外婆的首饰箱被亲人窃走，一定是最让她受伤害的事情。她后来的话语一直很少。我只是偶尔在假期长待时，会坐在火炉边听到她和外公拉家常。她的声音很细，有时候一着急会变得很尖。我没有见过外婆与人争执。她总是随遇而安，一切都听从外公的安排。一个标准的旧时候的女人。可能在外婆的意识里，她的一切都是我外公的和他们这个家庭的，可能唯一属于她的就是那个被自己亲人拿走的首饰箱。

外婆过世之前，把平时自己用的银饰给了小姨，玉镯给了母亲。如今，银饰早已被小姨重新铸了流行的现代首饰，而玉镯的碎块也早已不知何处去了。

时间点点滴滴地流逝，浸透了记忆的画布，让曾经的人和事变得又淡又远。亲戚们都不记得外婆的事情，却一直热衷于谈论那个被窃的首饰箱，言谈间都显得十分痛惜。

惊恐间，觉得这世上人，都有一个首饰箱。箱子的分量和价值常常会和拎箱子的人画上等号，所以千万别丢了箱子，不然人就不值一提了！

雨天偶遇

父母回老家散心两天，由于下大雨，不得不多待一天。

母亲在电话里焦急的声音，让我幸福又心疼。

我已经自己照顾自己十多年，可是，一回到母亲身边就变成了一个弱小的孩子，需要时时刻刻生活在她的关注下。

雨真的很大。

我想象着母亲在小爹家的屋檐下着急地看着天，不停地唠叨着老天爷。父亲肯定是不耐烦地在旁边安慰她，再教训两句。已经打包好的土鸡蛋和新鲜菜蔬又被重新放进厨房的冰柜里。

我打开家里冰箱，还有父母出行前就包好的饺子。我关上冰箱，突然想吃快餐面。

雨噼里啪啦砸在伞上。还没到超市，我的鞋已经湿透了，牛仔裤的裤脚在滴水，白色 T 恤也贴在了后背。路人都行色匆匆，只有这样的天气才会让我的故乡充满动感。

许多人站在超市门口，有等人的，也有等雨小一点的。我在超市门口收了伞。有个身影正撑开伞走进雨里。他突然回头，望向我，我也注意到他。

他带着吃惊向我走来。

我笑了。回来这么久，第一次碰到旧识。

我知道他是谁，却一下子叫不出名字。

但我分明听到他脱口而出我的名字。

我有些不好意思。

他是我们学校舞蹈队的队长。曾经也是这样的雨天，他站在我家楼下的马路上，故意不打伞，想证明他的心意。拒绝他的我，当时仍是感动的，也是幸福的。在心里珍惜他的情意，只是不能接受。

他持续了一段时间这样的年少轻狂，最后放弃了。

眼前的他，有些疲惫。昔日的光彩已经蜕变成一种世俗的成熟。他说话很快，没有要我说的样子。他问了很多问题，但没有给我回答的机会，我听他说了一会儿。他像是突然想起什么。

“我得走了！”他准备走的动作停顿了一下。他回头想说些什么。愣了愣。

“你带伞了？”他突然问道。

我呆了一下，拎拎手里的伞。

他不自然地笑了一下，“那再见！”

“再见！”

我站在通往地下超市的扶梯上，不禁想起卞之琳的诗：你站在桥上看风景，看风景的人在楼上看你。明月装饰了你的窗子，你装饰了别人的梦。

爱的表达

小区里有个小男孩长得很可爱，逢人一笑便跑开。我回家少，他不认得我，却喜欢躲在大人身后，悄悄观察我。当我微笑着看他时，他就往大人怀里一钻。

父亲很喜欢这小孩，一见到，就把他搂在怀里，或是把他抱起来转两圈。这场景总会让我想到小时候被外公和几个爹爹"拔萝卜"。外公每逢周末就会一清早站在路口望呀望，看到我们出现在村口，就咧开嘴乐。我会很快地奔过去，外公总是笑着说："我的孙娃子回来了！"话音未落，我就被外公抱着脑袋拎离了地面，这个就叫"拔萝卜"。据说能长高，我在同龄人中身高确实很占优势。这种没有科学依据的家乡习俗，我并不是太喜欢，因为被拔萝卜后，脑袋、脖子会疼上好一阵，但看到外公那么开心，我也就妥协了。同时，学会了在被他拎起来时，紧紧地抓住他胸口的衣服，这样会好很多。

爹爹们总是聚在院子里聊天，看见我这个小人回来，都开心地要抱我、揪我，给我拔个萝卜。亲戚们都住在一个村庄，一天门子串完，热热闹闹地你来我往，小孩子的脑袋都快掉了。那时候是欢喜的，带着烦恼的一种欢喜。小孩子心里已经知道这也是喜欢的一种表达方式。一家人会聚在一起聊天，小孩子也可以夹在中间，有时候会闹一些童言无忌的笑话。老人们会坐坐去抽锅烟，大人们偶尔会带着几个半大的孩子去上山，使唤他们做些农家活，常会出现帮倒忙的事。一家人的情感在粗笨中表达着一种细腻，就像是米汤、锅巴、玉米碴这些普通而又粗糙的东西，适合慢慢地咀嚼、品味绵长的甜味和养分。

现在想起来更觉得这份情义珍贵。

如今，小孩子已经享受不到这种“拔萝卜”的待遇了，走到哪里都是客客气气地招待，坐沙发、吃零食、看卫星电视或是玩电脑。大人们没空搭理孩子，都四人一组或三人一圈地打麻将和斗地主。大家各自在自个儿的圈子里忙碌着，消遣着，已经顾不得那许多。

我突然想打电话给小姑，告诉她，我想吃她做的油角。

莫名的感动

书掉落在地板的声音把我惊醒。回到家的悠闲竟让我不由得有了午睡的习惯和短促的梦。

两只麻雀在空调外机上蹦来蹦去。这是回家后，第一次看到鸟雀。故乡的车多了，鸟少了；楼多了，空气差了。

我接到同学电话，约在烧烤店见面。这家店是我们看着成长起来的，从路边摊到现在三间的大门面。它保存着我们记忆中的味道，碳炉子上滋着的香味，我被这味逗得有点饿了。

小莉来了。她笑我没品位，怎么想吃这家的烧烤了。我说不清为什么。但坐在店里的那一刻似乎又明白了。有过去的时光在心里流动着，咀嚼着熟悉的味道，似乎可以将过往跟现在连结起来，处在一个神奇的交接点上，停滞着，任由时间和记忆快进、倒退。菜单没有变，我点的东西也一样。几串肉串下肚，话题打开了。小莉开始和我讲起这些年家乡和同学的一些近况及变化。班里的“国脚”在超市上班，我的小同桌女承父业在法院工作，数学课代表在电信局，似乎各行各业都有我的同学，而且都已经为人父母了。当然也有些令人吃惊的消息，当年的大帅哥进了高墙，因为帮朋友挪用了公款。我还记得他的样子，对小莉很是痴情，是那种阳光、简单的贵公子。

小莉感叹道：“他是交友不慎呀！”

有同学已经离婚后又再婚的，也有几个已经混在政府大院里很有仕途。

我们聊到天色渐晚，她提议去看另一个同学——斌子。她可是我们运动会时的王牌，只要她上场，就能听到主席台播放我们班的名次。我跟她小学就是同学了，认识的时间很长，可是一直都不熟。

斌子家有点闹。她的儿子长得很可爱，非常黏她。她老公很安静地坐在另一个房间。小孩子不停地闹，我们几乎很难说话。小莉和她一直在聊孩子，我说不上话，就坐在沙发上观察他们家的儿子。小家伙长得很好看，机灵中透着一种让人于心不忍的怜爱。刚哭过的一双眼睛，水灵灵的，像是浸过蜜的黑玛瑙。他被我看得有些不自在，就躲到斌子身后。虽然斌子一直在努力让她的孩子叫我们"阿姨"，可是，直到我们起身告辞，小家伙也没张嘴。当她妈妈起身送我们到门口，小男孩突然就"哇"的一声哭起来。我还没弄明白是怎么回事，小莉就赶紧把斌子往门里推，"你妈妈不走！"他扑闪着眼睛，泪珠打着转地从粉嘟嘟的小脸上流下来，小手紧紧地扯着斌子的裤腿一角。让人看着又爱又心疼。

在小家伙警惕的眼神中，我们抓紧时间告别。

斌子住的小区外，是我们以前放学常走的路。

走在沿河的小路上，小莉叹了口气："怎么就长大了呢？"

是呀！那无忧无虑的笑声已远，曾经并肩走过的同学、朋友也已陌路。每个人的内心都沉淀着厚厚的岁月尘埃，只需熟悉的风来，或是特殊的花开，那记忆就会纷飞在脑海，让一些人或一段岁月再现。只是，随着涉世的脚步渐深，那浪漫的伤感变成坚硬的圬，再也不会有想象的绚烂色彩。

这样的一晚，我在丰富故人的同时，她让我从一段记忆中抬头看到岁月渲染后的成长和成熟后的世俗生活。那时我们对如此生活的男男女女是多么的不屑呀！而如今，我们也都是这人流中的一员。

"你知道吗？有时候在街上看到以前的同学，有很多都不打招呼，埋头过去了。有一天，我在路上听到有人叫我。我扭头，没有看到人。后来，声音又从前面传来。我才发现，一辆公交车上有人在向我招手。我看到他从前面下了车，跑向我。原来是以前班里一直坐特座的李超。他一脸的开心，跟我说：

‘好久没有碰到同学了。’他和我聊了一会儿，又乘着公交车离开。那一刻，我莫名地感动！一种我自己都不能理解的强烈感动！”听她一口气说完，还能感受到她当时的激动。

我无法回答。我们沉默许久。

我看着河对岸的灯光，对她说：“就像是你生活在一切都熟得不能再熟的城市，却常常发现它原来很陌生；而我离开很久，虽然家乡有很多变化，但仍然会因一些熟悉的人和事或是地点而触景生情，感到温暖。有时候生活的反差，很容易将一些情绪放大。”她点点头。我又听她聊了些关于父母、孩子、工作和带着淡淡伤感的婚姻生活。

而在我脑海里浮动的是：三月的桃花，刚抽嫩芽的柳条，紧紧裹住她臀部的水洗牛仔裤；她爱的白色巧克力和那些厚厚的日记本；关于时装设计的梦，她的诗句和那些无处不在的小心思。像是昨天我们还在放学的路上谈论这些，一转眼就都消失了。

我游离在旧日的记忆中。她和我并肩站在河岸边，晚风中充满了初夏的氤氲。

“这样聊聊真好！”

“嗯！”

我看到熟悉的柔光又重返她的脸庞，一定是某一片记忆的羽毛碰触了她内心的某个地方。

我有些莫名地感动，因为她。

出路

出生，
意味着跌落入迷宫。
肚脐上留下个线头，
命运说："跟着它，就能找到出路。"

走了很久，
风景已经变得处处相同，
沿途的故事也无法抵御不停袭来的疲惫，
最初的热望冷却成伤人的冰刀，
确定无疑的方向开始动摇。

终有一日，
重重倒下！

不甘心地望着没有出路的迷宫，
用力拉扯着命运的线头，
原来线头的另一端是
另一个线头。

背影

我坚持不要母亲送我。

因为忍受不了她每次送我进站时，那一脸的忧伤和不舍。更受不了，她因为我偶尔忘带某样东西所表现出的慌张。同样，我会因为心疼她，而显得急躁，然后会为自己“粗暴的”安慰方式内疚好长时间。

母亲是这世界上最爱我，也最能懂我的。她似乎知道我表现出的坚强和抗拒是因为我爱她而不知如何表达。她能理解我这种奇怪的方式，可是我却不能理解她为什么不能改变一下。这种单向理解，有时候会让我恨自己的自私。加重的负疚感让我看到她日渐衰老的脸时一阵紧过一阵的难过，而我只会表现得更加“粗暴”！

我不许她出门送我，而且，尽量不抬头看她的神情。

父亲永远是最淡定的，我越长大越深爱他这一点。他强大的自我意识，为我在茂密的爱之丛林里留下了一片空地。让我有机会淋雨，看到星空，感受到烈日和成长的孤独与艰辛。

我和父亲下楼，遇到一些我不熟识的邻居。

“送女儿呀？”人总会这样问一句，也会跟我说上一句：“走了！”

在故乡，邻里之间相遇若不能没话找话地说上一句，就会觉得不自在。而我将回去的地方，在大楼里与不熟的人搭讪是非常讨人厌的。

我笑着从这些故乡人身边经过。

父亲很热情地回答他们相同的问题。“是！送姑娘回。”他会在末了再加一句：“她妈病好了，姑娘也该回去上班了。”

父亲说话是那么有水平，饱含深意。他既夸了我孝顺，又不经意间炫耀了自己有个好女儿。回来这么久，第一次间接地接过了父亲传递过来的肯定与安慰。

我们站在路边等出租车。正午的阳光有些灼人，空气干干的。我不禁有点烦躁。

“不是不让你送吗?”父亲嗔怪着。

我看到母亲已经出现在我身边，拉着我的手。眼泪一下子涌在眼眶里，我努力地屏着。习惯性地搂着母亲的脖子，“你怎么这么不听话，不是不让你送么?”

母亲不说话。

“你最烦人了!”

说完这句话，我的泪已经忍不住了，把脸埋在母亲灰白的头发里，灰白相间的发丝上，还残留着中午烧菜的油烟味。

“我爱你!”我在心里默默地说。我这个最让你揪心的孩子也时刻惦念着你。

车来了。父亲帮我把箱子放进后备箱，母亲趁机坐进出租车里。

我一时无语凝噎。

十五分钟的车程。她紧紧地拉着我的手，不停地叮嘱箱子里吃的回家后要放入冰箱，还有路上要多长个心眼，现在坏人多……她的这些句子从我第一次离开家的那天起就没有变过。每一次送行，她都要重复一遍，只是顺序偶尔会有调整。

车站到了。我们早到半小时，这更让我受煎熬。

若是只有父亲，给他买份报纸，我们就可以在平静中等待离别。可是，因为母亲在，我们两个人就都得被她不停地“烦扰”！她会突然想到一样东西是否忘记带了。她也会检查一早她和父亲卤好的牛肉和鸡腿是否包好了。她还会确认抽纸巾、喝水杯子、水果等等。总之，这半个小时，我和父亲都不得安闲，却又不忍责怪。她像是知道她此刻的特权，会充分利用这半小时，把一个月里没来得及说的话都说一遍。

车来了，我准备进站。

长舒一口气，我拎起包，父亲拉着箱子，我们一扭头挤进行人中。母亲被留在送行的人群中。我过了检票口，忍不住回头望向她，母亲正拼命地挤在栏杆边向我挥手。我的心顿有千斤重，挤出一丝笑，扭过头，继续走，不忍看她发红的眼眶。

父亲帮我把行李放好，叮嘱了两句，就走了。我坐在窗口，望着站台上来来往往的行人，整理着自己的心情。父亲的脸突然出现在窗口，他大声地说："到了打电话啊！"

我点点头。

他转身的刹那，我泪如雨下。父亲从来没有这样过。我望着他的背影模糊一片。他瘦了许多，矮了许多，整个人比以前小了一圈。他的背影那么孤独、苍老，愈行愈远。他想说的远不止"到了打电话"。他的背影已经替他将那份永不言说的爱与孤独毫无保留地告诉了我。

火车开动。

人生未知的历险突然变得可恶！